NOUVEAU THEATRE FRANÇOIS,

OU

RECUEIL DES PLUS NOUVELLES
Piéces représentées au Théatre François
depuis quelques années.

TOME CINQUIEME.

A PARIS,

Chez PRAULT fils, Quay de Conty, vis-à-vis la
descente du Pont-Neuf, à la Charité.

M. DCC. XLIII.
AVEC PRIVILEGE DU ROY.

TABLE

Des Pieces contenuës dans le nouveau
Théatre François.

TOME CINQUIE'ME.

LE RETOUR

DE L'OMBRE

DE MOLIERE,

COMEDIE EN UN ACTE
Et en Vers,

*Repreſentée pour la premiére fois par les Comédiens
François, le 21 Novembre 1739.*

A PARIS,

Chez CHAUBERT, à la Renommée & à
la Prudence

M. DCC XL.

Avec Approbation & Privilege du Roy.

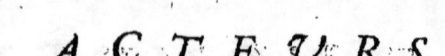

ACTEURS.

FINETTE.	Mlle. DANGEVILLE.
LEANDRE.	Mr. DUBOIS.
LE BON SENS.	Mr. DE LATHORILLIERE.
MOMUS.	Mr. DANGEVILLE le jeune.
UN AUTEUR.	Mr. FIERVILLE.
PASQUIN en femme.	Mr. POISSON.
L'OMBRE DE MOLIERE.	Mr. DE MONTMENY.

La Scene est sur le Mont Parnasse dans le Vestibule de l'appartement de Thalie.

LE RETOUR
DE L'OMBRE
DE MOLIERE.
COMEDIE.

SCENE PREMIERE.

FINETTE *seule.*

ENDANT l'abfence de Moliere ;
Je fuis commife dans ces lieux
Pour oppofer une barriere
A tous les Auteurs ennuyeux.
C'eft ici que loge Thalie :
Pour mériter de paroître à fes yeux ;
Il ne faut pas être trop férieux ,
Ni trop donner dans la Folie.

A

SCENE II.
LEANDRE, FINETTE.

LEANDRE.

Finette, chez Thalie aurai-je enfin accès ?

FINETTE.

Et quel titre avez-vous pour qu'on vous le permette ?

LEANDRE.

Parbleu, je suis charmé de tes attraits ;
Avec plaisir tu reçois la fleurette.

FINETTE.

Il est des gens qui ne font faits
Que pour connoître la Soubrette.

LEANDRE.

Je verrai ta Maîtresse en ce jour, ou jamais :
Oüi, je prétens me faire adorer de Thalie.
Tout est pour moi ; j'ai du brillant,
De l'aimable, du vif, du gentil, du saillant,
Du léger en un mot ; je frise la folie ;
Je sçais manier un Portrait ;
J'ai de l'expression, je tourne le couplet ;
Je suis mordant, de crainte d'être fade.
Je ne me refuse aucun trait,
Et j'arrondis une tirade.

FINETTE.

Il faut encor d'autres talens,
Je vous en donne ma parole.
Thalie est gaye, & non pas folle.
D'ailleurs, il faut avoir l'aveu de ses parens.

COMEDIE.
LEANDRE.

Je ne les connois point ; peins-moi leur caractere,
Et nomme-les par nom & par surnom.

FINETTE.

Il faut d'abord commencer par la Mere.

LEANDRE.

Oüi , l'on en est toujours plus certain que du Pere.
La Mere enfin ?

FINETTE.

Se nomme la Raison.

LEANDRE.

Le vilain nom ! L'ame en est assoupie ;
Il arrête du sang la circulation ;
Cela sent son apoplexie.

Est-elle bonne femme au moins ?
Laisse-t-elle conter la fleurette à sa fille ?
Car tous ces Siécles-là courbés sur la bequille ,
A troubler la jeunesse appliquent tous leurs soins.

FINETTE.

Oh ! jamais elle ne querelle ;
Et même elle se cache bien :
Mais elle est toujours avec elle.

LEANDRE.

Cela ne me fait rien.
Si je puis parler à Thalie ,
Cette Vieille déguerpira ;
Je la dérouterai , je te le certifie.
Il faut , quand je parois , prendre ce parti-là.
Que fait sa fille ?

LE RETOUR DE L'OMBRE DE MOLIERE.

FINETTE.

Elle est à sa toilette.

LEANDRE.

C'est-à-dire qu'elle est Coquette ?

FINETTE.

Coquette ! Le terme est trop fort.
Elle veut plaire.

LEANDRE.

Eh bien, je gage
Qu'avec mon air & mon langage
Je l'ensorcelerai dès le premier abord.
N'est-ce pas toi qui prens le soin de sa coëffure ?

FINETTE.

Non pas, Monsieur ; ce sont des hommes.

LEANDRE.

Ciel !

Par quelle bizarre avanture
N'en suis-je pas instruit ? Car en fait de parure
Et d'artificiel,
Je suis, je te le jure,
Un vrai prodige de nature.
Je porte un composé de fleurs ;
J'en ai de toutes les couleurs,
Des Tricolores, des Pensées,
Des Tubereuses, des Oeillets,
Dans une touffe de Bluets
Des Tulipes entrelassées.

FINETTE.

Oh ! Vous ne lui conviendrez pas.
Cette parure est pour une journée ;
Elle périt auffi-tôt qu'elle est née ;
Et ma Maîtreffe veut de folides appas ,
De ces appas qui foient toujours de Mode ,
Qu'avec les mains de l'art la nature accomode.
Vous ne pourriez jamais la coëffer à fon point.
Votre garniture ginguette
Ne lui conviendroit point :
Gardez-là pour une Grifette.
Adieu , Monfieur.

LEANDRE.

Ah ! ma chere Finette ;
Parles pour moi ; fais-en l'effai ;
Dis-lui bien que j'afpire à me voir dans fes chaînes ;
Que je n'ai jamais fait une Piéce , il est vrai ;
Mais quatre Volumes de Scénes.

SCENE III.

LEANDRE *feul.*

ELLE peut-bien me faire entrer.
Mon impatience est extrême :
Mais peut-être je n'ai befoin que de moi-même.
Dans ce Palais tâchons de pénétrer.
(*Il va à la porte.*)

SCENE IV.

LE BON SENS, LEANDRE.

LE BON SENS *d'un ton brutal.*

Qui va-là ?

LEANDRE *humblement.*

Monſieur....

LE BON SENS.

Quel Génie

Oſe ſe préſenter ainſi !

LEANDRE *à part.*

Ah, quelle phiſionomie !

Quel eſprit rauque ! Tout ceci

Sent ſon Portier de Comédie.

(*Au bon Sens.*)

Dites-moi, n'eſt-ce pas ici

Que demeure Thalie ?

LE BON SENS.

Oh ! ſi vous doutez du logis ;

Apparemment que vous n'y venez guéres,

Ce doute-là recule vos affaires ;

Et vous ne ſerez point admis.

La Déeſſe jamais ne voit que ſes amis ,

Et ne reçoit point de viſites.

LEANDRE.

Si vous connoiſſiez mes mérites !

Dites-moi votre nom, voyons s'il eſt marqué
Parmi ceux qui forment ma liſte.
Vous avez l'air d'un auteur efflanqué
Qui ſuit le clinquant à la piſte.

LEANDRE.

(*Au bon Sens.*)　　(*à part.*)

Je ne ſuis que l'eſprit. Que cet homme eſt choquant !

LE BON SENS.

Vous perdez donc ſouvent haleine.
L'eſprit plus léger que le vent
Ne s'offre qu'aux auteurs qui le cherchent ſans peine.
On court après lui vainement :
Lorſqu'on croit l'atraper, on n'en tient que l'image.
On fait comme Ixion ,
Qui croyoit embraſſer Junon ,
Et qui n'embraſſoit qu'un nuage.
Sçavez-vous mon nom ſeulement ?

LEANDRE.

La demande eſt extraordinaire !
Pour entrer quelque part, Monſieur, aſſurément ,
Je n'ai pas crû qu'il fût fort néceſſaire
D'en connoître le Suiſſe.

LE BON SENS.

Oh ! le trait eſt fort bon ,
Et bien digne du perſonnage.
Vous croyez le bon Sens un Suiſſe de maiſon !

LEANDRE.

Vous, le bon Sens ?

LE BON SENS.

Oui, c'eſt mon nom.

Adieu, devenez ſage,
Je pourrai prendre un autre ton.
Je ſuis doux avec la raiſon ;
Et je deviens ſauvage
Avec l'homme à jargon.

SCENE V.

LEANDRE *ſeul*.

OUF ! Je viens d'eſſuyer une mauvaiſe chance.
Il me deſſervira, loin de me proteger.
Je lui trouve un air étranger ;
Et je ne le crois pas de France.

SCENE VI.

FINETTE, LEANDRE.

FINETTE.

MA foi, vos affaires vont mal.

LEANDRE.

Je ne ſçai plus où ſera mon refuge.
Votre Portier eſt ſi brutal !....
J'aime mieux le Portier d'un Juge.

Car

Car on en eſt du moins quitte pour ſon argent.

FINETTE.

Eh ! le nôtre, il eſt vrai, n'eſt pas d'humeur entrante.

LEANDRE.

Comment te traite-t-il ?

FINETTE.

Tout au plus poliment.
Et j'ai l'art d'adoucir l'humeur récalcitrante.
Oh ! le bon Sens n'eſt pas, vraiment,
Si dur qu'il le paroît, & qu'on ſe l'imagine.
Malgré lui-même il eſt galant ;
Et ſouvent il perd tête en voyant une Mine.

LEANDRE.

As-tu parlé pour moi ?

FINETTE.

Très-inutilement.
Elle avoit grande compagnie.
J'ai nommé votre nom ; vanté votre talent ;
Et dans le Cercle de Thalie,
On ne vous connoît nullement.
J'ai de vos qualités fait de vains étalages.
Nos vieux Auteurs, ces graves Perſonnages ;
Qui, d'un eſprit aimable, & d'un Jugement ſain,
Réformoient les travers de l'humaine nature,
Et nous traçoient, du cœur, une grande peinture ;
M'ont écoutée avec dédain.
» Ce brillant, m'ont-ils dit, n'eſt que de la fadaiſe.
» Crois-tu qu'un Michel-Ange, ou bien un Raphaël,
» Un Titien, un Veroneſe,

B

» Doivent placer dans un rang immortel
» Les Tableaux d'un Peintre en paſtel.

LEANDRE.

Tous ces bons Meſſieurs-là m'ennuyeroient bien, je penſe.

FINETTE.

Voilà, de nos amis, la pure quinteſſence.
» Meſſieurs, leur ai-je dit, vous ſéchiez ſur un plan
　　　　» Pendant le cours entier d'un an ;
» Vous ſondiez les eſprits ; vous fouilliez dans les ames,
» Léandre, chaque jour, ſçait trouver le ſujet
　　　　» D'une douzaine d'Epigrammes :
» Au bout du mois cela fait un recueil complet
　　　» Et de bluettes & de flammes ;
　　　» Il les écrit ſans ſuite & ſans projet ;
　　　» Il les raſſemble enſuite piéce à piéce ;
　　» Et tout l'Ouvrage eſt un feu violet.
» En trois Actes tous neufs il a fait une Piéce :
» Le premier Acte en bouts rimés comme un Sonnet,
» Il a mis le ſecond en mauvaiſe muſique ;
» Le troiſiéme, ſans doute, étoit le plus parfait :
　　　　» Il étoit en danſe gotique,
　　　　» Et le dénoüement en ballet.
　　» Le tout aſſaiſonné de petites penſées ;
　　　» Bien mignones, bien compaſſées ;
　　　» Car ſon eſprit entortillé,
　　　» Fécond en petites merveilles ;
　　　» Avec un ſtile éparpillé,
　　　» Eſt ſemblable à des nom-pareilles.

LEANDRE.

Tu veux me plaifanter, je croi ?
Tu ferois trop heureufe en venant avec moi ;
Tu parlerois d'efprit en petite Maîtreffe
　　Sans fervir de rien à la piéce.
　　Si tu ne voulois pas parler,
　　Je ferois fûr de te faire briller
　　Dans une Scéne neuve & belle.

FINETTE.

J'entens ; vous me feriez jouer de la Viele.

LEANDRE.

Peut-être bien un jour tu n'aimeras que moi.

FINETTE.

　　Eh qui peut répondre de foi ?
Un prodige d'orgueil , c'eft-à-dire , une Prude ,
　　S'arme d'un regard fier & rude ,
　　Echaffaude bien fa vertu
　　Sur un ajuftement auftere.
Tant que fon cœur n'eft point tenté ni combattu ,
Sa fierté fe rengorge , & fon air fe refferre ;
　　Mais qu'un objet vienne à lui plaire ,
　　　L'œil s'adoucit,
　　　Le cœur molit ,
L'échaffaut rompt, la vertu tombe à terre ;
Oüi, oüi, cette vertu peut parler un inftant;
　　Mais le cœur vient à la traverfe,
　　Qui vous lui donne fur le champ
　　Un bon foufflet, & la renverfe.
　　　　　　　　B ij

LEANDRE.

Finette, allons, il faut tâcher
De me faire entrer chez Thalie :
Moliere, j'en suis sûr, lui perdra le génie.
Je l'aime trop, pour m'empêcher
De lui dire en ami ce que l'on en publie ;
Et je ne veux avoir rien à me reprocher.

FINETTE.

Oh ! ne vous flattez pas d'entrer chez ma Maîtresse.

LEANDRE.

Mais, Finette....

FINETTE.

Je n'entens rien.

LEANDRE.

Que faut-il donc faire ?

FINETTE.

Une Piéce.

LEANDRE.

Mais, Finette, je danse bien.

FINETTE.

Une Piéce, une Piéce.

LEANDRE.

Je suis, de plus, très-grand Musicien.

FINETTE.

Une Piéce, une Piéce.

LEANDRE.

Je la régalerai du cri Parisien.

FINETTE.

Eh ! Monsieur, en un mot, il nous faut une Piéce.

LEANDRE.

Oh ! malgré toi , je fuis certain
Que j'entrerai.   (*Il veut entrer.*)

FINETTE.

Non ; votre effort eſt vain.
N'allez pas faire d'incartade ;
Car je vous ferme le chemin
Par une gargoüillade.

LEANDRE.

Puiſque tu le prens ſur ce ton,
J'abandonne Thalie , & je la laiſſe ſeule ;
Avec tout ſon peuple barbon.
Bien-tôt , à force de raiſon ,
On n'en fera qu'une begueule.
Dis-lui qu'elle ſe tienne bien :
Je ne prétens la ménager en rien.
Cet hyver , je veux mettre en piéces
Ces Ouvrages ſi beaux qu'elle nomme des Piéces.
Elle m'appelleroit envain à ſon ſecours.
              Sa ſœur cadette
           Eſt aimable & Coquette ;
Je vais faire ſes plus beaux jours.

FINETTE.

Je vous crois en effet digne de ſon eſtime.

LEANDRE.

Cet hyver , je ſuis ſûr d'un ſuffrage unanime.
J'ai le portrait le plus galant
De la Danſeuſe pantomime ,
Avec celui d'un Anonyme

Qu'on trouvera très-reſſemblant.

FINETTE *ſeule*.

Nous voyons ſans effroi le courroux qui l'anime.

SCENE VII.

MOMUS *amoureux*, FINETTE.
MOMUS *d'un air niais.*

SErviteur.

FINETTE.

Que veut ce nigaut ?

MOMUS.

Je voudrois tout-à-l'heure
Monter là-haut.

FINETTE.

Quoi, chez Thalie ?

MOMUS.

Eh oüi, c'eſt-là que je demeure.

FINETTE *d'un ton railleur.*
En vérité ?

MOMUS.

Vraiment, j'en ſuis aimé.

FINETTE.

Je le crois bien.

MOMUS.

Ne prétendez pas rire.

FINETTE.

Voilà, ma foi, l'on peut le dire,

Un petit homme bien formé.
Vous ſçavez bien que le Temple eſt fermé.
Nommez-vous pour que l'on vous ouvre.
Vous paroiſſez bien langoureux.

MOMUS.

Oh dame ! C'eſt que je ſuis amoureux.

FINETTE.

A votre mine on le découvre.

MOMUS.

Je ſuis Momus.

FINETTE.

Que me dites-vous-là ?

MOMUS.

Eh vraiment, oüi : je viens de l'Opera.
Quel Pays, & quel gens ! J'étois glacé de crainte.
Je m'y ſuis égaré : c'eſt un vrai labyrinte.

FINETTE.

Ah, quel petit peſte malin !
Vous vous êtes tiré d'affaire ?
Vous avez bien médit ? C'eſt votre caractere.

MOMUS.

Oh non, je n'y ſuis plus enclin.
Dans les Cieux j'aimois à médire ;
Mais l'Opera doit être exempt de la ſatyre.

FINETTE.

Certainement, c'eſt un lieu ſans défauts !

MOMUS.

On y fait pourtant de bons ſauts.

Quel étoit votre personnage ?

MOMUS.

Je me suis mis au rang des Amoureux transis ;
J'ai pris le nom du beau Berger Tircis.

FINETTE.

Vous aimiez une fille étourdie & volage.

MOMUS.

Non , vraiment , j'en voulois une qui fût bien sage.

FINETTE.

Avez-vous eu le bonheur d'étrenner ?

MOMUS.

Eh oüi , je l'ai trouvée.

FINETTE.

Ah ! je n'ai rien à dire.

MOMUS.

Le compliment étoit difficile à tourner.
» Momus, qui blâme tout , vous aime & vous admire.
(Ai-je dit galamment)
» D'adorer vos appas occupé seulement ;
» Il renonce pour vous au plaisir de médire.

FINETTE.

Il falloit tout autant lui dire :
» Jadis je sçavois employer
» L'art de plaire , & de faire rire ;
» Mais puisque je vous aime & que je vous admire,
» Je ne sçaurai plus qu'ennuyer.
L'Auteur a manqué votre rolle.
Il devoit vous rendre amoureux
D'une Bergere qui fut folle ,

Ec

Et vous faire médire en déclarant vos feux ;

» Lui dire ; si vous étiez sage ,
» Si vous goûtiez le sentiment ,
» Si vous aimiez mieux un amant
» Qu'un amour de passage ,
» Je vous détesterois ; je médirois de vous ;
» Je vous traitterois en Déesse ;
» Mais vous succombez sans foiblesse ;
» Vous n'aimez aucun homme , & vous les flattez tous ;
» Voilà ce qui pour vous me picque & m'interesse.

En le prenant sur ce ton-là ,
Vous ne pouviez manquer de plaire ;
Et sans sortir de votre caractere ,
Vous attrapiez le ton de l'Opera.

MOMUS.

Oui , j'aurois pû donner dans la saillie ;
Mais l'on m'auroit accusé de piller
Le Carnaval & la Folie.

FINETTE.

Cela valoit bien mieux que de faire bâiller.

MOMUS.

La pantomime est si divertissante ;
Que pour la contraster j'ai donné dans l'ennui.

FINETTE.

Pour paroître plus éclatante ;
Elle n'a pas besoin de cet appui.
Les gestes du Danseur , ses regards , sa figure ;
Sont de Momus la naïve peinture.

C

Votre efprit, de fes pas, devroit être jaloux;

Ses pieds en difent plus que vous.

Refondez tout votre Acte; allez changer les rôles;

De ce couple léger rendez bien les appas;

Dans votre efprit faites entrer leurs pas,

Et mettez-les tous en paroles.

SCENE VIII.

UN AUTEUR, FINETTE.

FINETTE.

QUE veut cet homme fombre? Il a l'air vaporeux!

Je n'ai jamais rien vû de fi trifte en ma vie.

Il porte l'ennui dans fes yeux;

Malgré moi, de bâiller, je fens naître l'envie.

L'AUTEUR.

Ciel! on bâille! au fecours! je tombe en pamoifon.

FINETTE.

Qu'avez-vous donc, Monfieur?

L'AUTEUR.

Une convulfion.

Je fuis l'Auteur de l'Ecole du Monde.

Quand on bâille voilà ma fituation.

FINETTE.

Il eft vrai qu'au milieu de l'inclination

Les bâillemens commencerent leur ronde.

L'AUTEUR.

Je n'en suis pas encor revenu maintenant ;
Car l'Actrice avoit une mine
Incompatible avec le bâillement.
J'en ai découvert l'origine.
On m'a depuis peu révélé
Que pour faire bâiller on avoit cabalé.

FINETTE.

Oüi-da ; mais vous étiez le chef de l'entreprise.

L'AUTEUR.

Une Piéce choisie, une Piéce de mise,
Avoir un si honteux destin !
La honte en rejaillit sur tout le genre humain.
L'allegorie étoit exquise :
Je l'avois lüe à deux Régens,
Amis sans fard & sans manege,
D'un goût très-fin, & point trop indulgens ;
Qui me la demandoient pour jouer au College.
Après un jugement si bon,
Le Parterre bâille & s'ennuie !
Encore un coup j'en veux avoir raison ;
Et de ce pas je vais trouver Thalie.

FINETTE.

Alte-là, mon joli garçon.
Avec votre mine discrete,
Et votre grand chapeau,
Pour assister à sa toilette,
Vous êtes un friand morceau !
Tenez-vous-le pour dit ; allez briser vos plumes ;

Cessez d'instruire l'Univers.
Il n'est qu'un fou qui croit dire en sept ou huit cens Vers
Ce que Moliere à peine a mis en huit Volumes.

L'AUTEUR.

Ma fille, avec votre caquet
Vous aimez mieux le feu folet ;
Et la brillante bagatelle
D'un étourdi qui parle à son valet
Sur la musique ancienne & nouvelle.

FINETTE.

Vous mettez-vous en parallelle ?

L'AUTEUR.

Ah ! c'étoit un morceau joliment enchassé !

FINETTE.

Sans doute, puisqu'il a sçû plaire.
Ce qu'aime le Public est toujours bien placé.

L'AUTEUR.

A ce qu'il me paroît, votre tête légere
Aime tous les discours sans corps, sans liaison ;
Qui mettent sans pitié le bon Sens en prison ;
L'étincelle vous plaît, vous pique, vous agite ;
Et je croyois, à voir votre minois fripon,
Que vous aimiez un feu qui s'éteignît moins vîte.

FINETTE.

Comment donc, mon ami, vous faites le léger !
Mais vous n'avez du monde encore qu'un faux air.
Apprenez qu'il n'est point de chose plus aisée
Que d'avoir du bon sens à tête reposée ;

Et la grande façon dans le fiécle préfent ;
C'eſt d'avoir ſon eſprit tout en argent comptant.
Avec votre raiſon vous me la donnez belle !
Il ne tiendroit qu'à moi d'avoir de la cervelle ;
Mais c'eſt le vrai moyen d'ennuyer à coup ſûr :
On n'eſt plus dans le goût d'un eſprit juſte & mûr.
Ses traits les mieux frappés, ſes diſcours les plus mâles,
Sont des feux ſans éclat, des étincelles pâles.
J'aime mieux un bon mot, qu'on lâche à tout haſard,
Que tous ceux qu'on arrache entre les mains de l'art.
Il vous appartient bien de me rompre en viſiere,
De dire que mon feu n'eſt que fauſſe lumiere ;
Géometre glacé dont le peſant compas
Enerve la penſée, en fletrit les appas,
Deſtructeur du brillant, du goût, de la fineſſe ;
Solide raiſonneur, mais ſans délicateſſe ;
Cenſeur amer & ſombre, homme grave & profond ;
Qui du feu de l'eſprit rabat le premier bond ;
Parleur aride & ſec que la juſteſſe abuſe,
N'aimant mieux dire rien qu'un rien qui nous amuſe ;
Votre morale aſſome ; & pour tout compliment
Je vous réponds, Monſieur, par un grand bâillement,

L'AUTEUR.

L'on m'aſſome ; l'on m'aſſaſſine.
Vous ſçavez mon foible ; ah ! Coquine,
Vous violez le droit des gens.

SCENE IX.

PASQUIN *en femme*, UN AUTEUR, FINETTE.

PASQUIN *en femme.*

NON, les hommes jamais ne furent si méchans ;
Et sans doute on avoit conjuré ma ruine.

L'AUTEUR.

Ah! nous allons voir un beau bruit ;
C'est le Médecin de l'esprit.

PASQUIN.

Oui, je soutiens qu'il faudroit rompre
La cruelle habitude où le Public se met,
De crier, rire, & d'interrompre
Une Piéce, à l'endroit du plus vif intérêt.
Je ne puis digerer l'offense
Qu'on me fit, en faisant finir.
Voyez un peu la belle avance
De m'habiller en femme, pour venir,
Au Public, sans parler, tirer ma révérence !

FINETTE.

Je vous approuve fort ; & c'est un grand affront.
Le Public a cette habitude ;
Mais les Auteurs l'en déferont.

PASQUIN.

Comment ?

FINETTE.

En faifant une étude
De ne lui donner que du bon.

L'AUTEUR.

Sans doute, vous avez raifon.

PASQUIN.

Ah! vous voici, Monfieur le Pedant de College!
Avec vos paffions, & leur vilain cortege,
Vous avez commencé par fâcher le Public.

L'AUTEUR.

Il devoit pourtant être affamé de Comique.

PASQUIN.

Non; mais vous l'aviez mis dans le goût fatyrique;
Et quand il crie il a le tic
De ne jamais finir, à moins qu'on ne l'amufe.

FINETTE.

Lorfqu'il attend cela, bien fouvent il s'abufe.

PASQUIN.

Vous aviez méfufé de fon attention
Par votre chien de goût allégorique :
Cela tend l'efprit & l'applique ;
Et comme l'on étoit dans la prévention ;
Lorfqu'on me vit en femme, on crut dans l'affemblée
Que j'étois une paffion
Qu'on avoit perfonifiée ;
Et l'on me prit encore pour l'inclination.

L'AUTEUR.

Elle eût été bien déguifée.

PASQUIN.

Quand je partis, je fus choqué.
Cependant je foutins la chofe avec courage;
Mais un trait dont encor je me fens fuffoqué,
Et ce qui m'enflamme de rage,
C'eft qu'en fortant j'allai dans un Caffé:
On s'y portoit, on étoit étouffé;
D'hommes qui clabaudoient j'apperçus une maffe:
C'étoit de ces Auteurs, que la cabale fert,
Que l'envie & la faim dévorent de concert;
Objets dégradés du Parnaffe,
Vils infectes de vanité,
Qui clapiffent avec audace
Au centre de l'obfcurité:
Ils fe difoient, d'un air tout tranfporté;
» En venez-vous, quelle journée!
» Non, je ne l'aurois pas donnée
» Pour deux repas bien étoffés.
» Quel plaifir de noyer deux Piéces tout de fuite!
» Nous en avons beaucoup plus de mérite
» D'avoir vû deux Auteurs, l'un fur l'autre étouffés.
Je penfai déchirer cette engeance maudite.

FINETTE.

Un médiocre Auteur doit s'attendre à cela.

PASQUIN.

Ce trait ne peut tomber que fur ce grimaud-là.

L'AUTEUR.

Si ma Piéce eft tombée, & fi l'on m'épilogue,
J'ai, tout au moins, l'honneur d'avoir fait le Prologue.

PASQUIN.

PASQUIN.

Vous me la donnez belle ! Oh ! par ma foi, voilà
Un beau chef-d'œuvre, avec votre Ombre de Moliere.
Au milieu du Parterre il transporta l'enfer ;
On n'y connoissoit plus de frein ni de barriere ;
Et je crois que c'étoit l'ombre de Lucifer.

L'AUTEUR.

Il est vrai que ce jour il se donna carriere :
  Mais mon Prologue est une fleur
  Qui ne sera jamais fanée :
Mon amour-propre encore en respire l'odeur ;
  Et je le fis pourtant en une matinée.

PASQUIN.

  Puisque c'est-là votre talent,
Levez une boutique, ou plûtôt une niche ;
  Et mettez dessus pour affiche ;
  » Céans, on fait, & promptement,
  » Des Prologues fort proprement.

SCENE X.

L'OMBRE DE MOLIERE, FINETTE, L'AUTEUR, PASQUIN.

L'OMBRE.

JE reviens du Parterre où d'un ton formidable,
J'ai condamné, j'ai jugé quatre Auteurs.

       D

Qu'a-t-on fait du comique inftructif, agréable ?
Eft-ce ainfi qu'on travaille à corriger les mœurs ?

L'AUTEUR.

Ah ! parlez donc, Monfieur Moliere,
Si de mes jours je vous rends la lumiere,
Je veux bien qu'on me pende.

L'OMBRE.

Eh quoi,

N'êtes-vous pas content de moi ?

PASQUIN.

Vous avez fait un beau tapage !
Ce jour-là le Parterre avoit le diable au corps.

L'OMBRE.

Jamais je ne le vis plus fage ;
Jamais plus d'équité n'en régla les refforts.

L'AUTEUR.

Comment ?

L'OMBRE.

Avec lumiere il jugea chaque ouvrage
Vous le fites bâiller avec grande raifon.

L'AUTEUR.

Un ouvrage entrepris pour détruire le vice !

L'OMBRE.

Il étoit fait par un novice.
La Piéce eft déteftable, & le projet fort bon :
Elle ne peut jamais être applaudie.
Le Jugement public n'a point été trop prompt.
Comment avez-vous eu le front
De lui donner le nom de Comédie ?

Sans intrigue, fans action,
C'étoit une analife étique,
Un dialogue allégorique,
Sérieux fans inftruction.
Lorfque l'on donne un corps à chaque paffion,
Il faut que l'auditeur fente au fond de fon ame
Paffer le fentiment avec des traits de flâme.
Vous aviez fait du cœur une diffection,
Qui fatiguoit l'efprit de maximes arides.
Votre morale étoit pleine de rides.
Vous deviez éviter le ftile languiffant,
Quitter le ton métaphifique,
Peindre le ridicule en un miroir comique,
Et forcer le Public à rire en rougiffant.

F I N E T T E.

Sans doute ; vous aviez l'air pedant, l'air auftere.
Quand on veut inftruire, il faut plaire.
Votre vertu reffembloit à l'humeur.
Pour la faire aller jufqu'au cœur,
Il faut que l'agrément l'éclaire.
Vous l'aviez habillée en gris ;
Et vous deviez femer des fleurs dans fa cornette ;
Oüi, vous deviez coëffer la morale en coquette :
Elle étoit en Chauve-fouris.

P A S Q U I N.

Sans doute ; vous avez affomé tout Paris.

L' O M B R E.

Corrigez-vous ; raillez avec délicateffe,
Au lieu d'inftruire avec rudeffe ;

D ij

Lâchez des traits au lieu d'avis;
Au lieu du ton pédant, faites des Epigrames;
Cherchez sur-tout à plaire aux Dames;
Et vos conseils feront suivis.

L'AUTEUR.

Je veux plûtôt donner dans le genre tragique.

L'OMBRE.

Il n'est pas plus aisé que le comique,
Il est rempli d'écueils dont il faut se parer.
Lorsqu'on s'y livre il faut pour plaire
Etonner la nature, & ne pas l'égarer;
Ne l'emporter jamais au-delà de sa sphére.
On veut un naturel qui soit sublime & grand;
Et tous les jours chaque Auteur s'y méprend.
Veut-il que son sujet soit simple & vraisemblable?
Il le dépouille, & le rend décharné.
Veut-il aller au cœur? Il invente une Fable,
Et pense que le fond est dignement orné,
Par le plan impliqué d'un Roman miserable.
Ces fades sentimens sont un amas de mots,
Capables d'éblouir une troupe de sots,
En révoltant un Juge habile & respectable.
Melpomene demande une noble fierté.
Il faut rendre une intrigue avec simplicité,
Y representer la tendresse,
Non comme une vertu, mais comme une foiblesse:
Par ses traits séducteurs qu'un Héros arrêté,
L'écoute, la combatte, & dompte la molesse,
En s'arrachant des bras de l'amour irrité.

Des situations forcées ,
Redoutez les attraits pervers ;
Et que la force des pensées
Produise la pompe des vers.
Du tragique voilà l'image & l'origine.
C'est ainsi qu'autrefois je parlois à Racine.

L'AUTEUR.

Tous ces discours sont anciens.
Bon Dieu que cet homme est gotique!

L'OMBRE.

Ne vous y trompez pas ; mon goût n'est point antique.
On pense ainsi dans le lieu d'où je viens.

SCENE XI.

L'OMBRE DE MOLIERE , PASQUIN
en femme , LISETTE.

PASQUIN.

Dites-nous donc , avant que d'entrer en matiere,
Si vous avez traité de la bonne maniere ,
Mon bon ami Monsieur Michaut.

L'OMBRE.

Nous l'avons reçû comme il faut :
Il s'est , en s'égarant , privé de la lumiere.
Nous l'avons condamné tout net
A retourner terminer sa carriere
Au Château de la Butordiere.

PASQUIN.

Vous l'avez exilé ?

L'OMBRE.

Par un coup de fiflet
Le Public figne ainfi fes lettres de cachet.
Il s'agit maintenant de votre Comedie.

PASQUIN,

Oüi, c'eft à vous à m'en faire raifon.
En France il n'étoit pas un fujet affez bon ;
Il étoit tiré de Turquie.

L'OMBRE.

Et par un bel efprit, dit-on,
On en peut faire quelque chofe.

PASQUIN.

Je le crois bien.

L'OMBRE.

Nous en viendrons à bout
En confervant le titre, & retranchant le tout.

PASQUIN.

S'il vous plaît, dites-m'en la caufe.
Comment, vous vous mêlez d'être malin aüffi ?

L'OMBRE.

J'ai trop peu d'efprit pour médire.

PASQUIN.

Mais, parbleu, ne croyez pas rire ;
On dit publiquement ici
Que vous n'en avez guére.

L'OMBRE.

Ce difcours ne peut me déplaire.

Je n'eus jamais de celui d'aujourd'hui.
Quand je revins au jour pour être votre arbitre ;
Je me prévins pour vous, le Spectateur charmé
 Attendoit tout de votre titre ;
Pour corriger l'esprit il le croyoit formé ;
Il se représentoit les tristes maladies
 Dont le génie est consumé :
Vous deviez déchirer ces ames aviliés ;
Ces Auteurs malheureux, sans nom & sans appui ;
Qui n'ont d'autre beauté que la laideur d'autrui :
 Aigres Censeurs, sombres génies,
N'ayant pour tout talent qu'un poison infecté ;
 Se nourrissant du gain de leur malice ;
 Et faisant à leur vanité
 Un honteux sacrifice
 Et de l'honneur & de la probité.

PASQUIN.

Vous ne connoissez pas le vrai moyen de plaire.
 Je vois que vous m'êtes contraire.
 Eh bien ! puisqu'on m'a desservi,
 Et qu'on n'a pas voulu m'entendre ;
  (*Revenant.*)   (*Au Parterre.*)
Je prens congé de vous.... Avant d'être sorti,
Messieurs, sçachez que j'ai deux cens beaux vers à vendre,
Avec un dénouement qui n'a jamais servi.

SCENE XII. & derniere.

L'OMBRE DE MOLIERE, FINETTE.

FINETTE.

ET moi, Monſieur, que vais-je faire ?

L'OMBRE.

Reſte toujours ici pour empêcher d'entrer
    Tout Auteur téméraire ;
Qui, ſans l'aveu public, y voudroit pénétrer.
    Je reviendrai, ſi je ſuis néceſſaire.
Mais le Parterre a pour moi tant d'attraits ;
J'y trouve des eſprits qui ſçavent tant me plaire ;
    Que ce ſera ma demeure ordinaire ;
Et j'y rentre à l'inſtant pour n'en ſortir jamais.

FIN.

APPROBATION.

J'Ay lû par ordre de M. le Chancellier un manufcrit qui a pour titre , *Le Retour de l'Ombre de Moliere*, Comédie en vers & en un Acte. A Paris ce 20 Décembre 1739. CREBILLON.

PRIVILEGE DU ROY.

LOUIS par la grace de Dieu , Roi de France & de Navarre ; A nos amez & feaux Confeillers , les Gens tenans nos Cours de Parlement , Maîtres des Requêtes ordinaires de notre Hôtel , Grand-Confeil , Prevôt de Paris , Baillifs , Sénéchaux , leurs Lieutenans Civils , & autres nos Jufticiers qu'il appartiendra ; Salut. Notre bien amé Hugues-Daniel Chaubert , Libraire à Paris , Nous ayant fait fupplier de lui accorder nos Lettres de permiffion pour l'impreffion d'un manufcrit qui a pour itre , *l'Ecole du Monde , Dialogue en vers , le Retour de 'Ombre de Moliere , Comédie en vers* ; offrant pour cet effet de le faire imprimer en bon papier & beaux caracteres fuivant la feuille imprimée cy-attachée pour modele fous le contrefcel des Préfentes ; Nous lui avons permis & permettons par ces Préfentes de faire imprimer ledit Ouvrage cy-deffus fpecifié conjointement ou féparement, & autant de fois que bon lui femblera , & de le vendre faire vendre & débiter par tout notre Royaume pendant le tems & efpace de trois années confecutives , à compter du jour de la date defdites Prefentes : Faifons défenfes à toutes fortes de perfonnes de quelque qualité & condition qu'elles foient d'en introduire d'impreffion étrangere dans aucun lieu de notre obéïffance , à la charge que ces Préfentes feront enregiftrées tout au long fur le Regiftre de la Communauté des Libraires & Imprimeurs de Paris, dans trois mois de la date d'icelles; que l'impreſſion de cet Ouvrage ſera faite dans notre Royaume & non ailleurs, & que l'impetrant ſe conformera en tout aux Reglemens de la Librairie, & notamment à celui du 10 Avril 1725. & qu'avant de l'expoſer en vente le manuſcrit ou imprimé qui aura ſervi de copie à l'impreſſion dudit Ouvrage ſera remis dans le même état où l'approbation y aura été donnée ès mains de notre très-cher & feal Chevalier le Sieur Dagueſſeau, Chancelier de France, Commandeur de nos Ordres, & qu'il en ſera enſuite remis deux Exemplaires dans notre Bibliotheque publique, un dans celle de notre Château du Louvre, & un dans celle de notre très-cher & feal Chevalier le Sieur Dagueſſeau, Chancelier de France, Commandeur de nos Ordres, le tout à peine de nullité des Preſentes. Du contenu deſquelles vous mandons & enjoignons de faire jouir l'Expoſant ou ſes ayant cauſes, pleinement & paiſiblement, ſans ſouffrir qu'il leur ſoit fait aucun trouble ou empêchement. Voulons qu'à la copie deſdites Preſentes qui ſera imprimée tout au long au commencement ou à la fin dudit Ouvrage foi ſoit ajoûtée comme à l'Original. Commandons au premier notre Huiſſier ou Sergent de faire pour l'exécution d'icelles tous Actes requis & néceſſaires, ſans demander autre permiſſion, nonobſtant clameur de Haro, Charte Normante, & Lettres à ce contraires; Car tel eſt notre plaiſir. DONNE' à Paris le trentiéme jour de Décembre l'an de grace mil ſept cens trente-neuf, & de notre Regne le vingt-cinquiéme. Signé par le Roy en ſon Conſeil. SAINSON.

Regiſtré ſur le Regiſtre X. de la Communauté des Libraires & Imprimeurs de Paris N° 321. fol. 306. conformément aux Réglemens, & notamment à l'Arrêt de la Cour du Parlement du 3 Decembre 1705. A Paris le 4. Janvier 1740.

SAUGRAIN, Syndic.

LA JALOUSIE

IMPRÉVUË,

COMEDIE.

LA JALOUSE IMPRÉVUE,

COMÉDIE.

LA JALOUSIE
IMPRÉVUË,
COMEDIE
EN UN ACTE ET EN PROSE.

Le prix est de 24. sols.

A PARIS,
Chez PRAULT, fils, Quay de Conty, vis-
à-vis la Descente du Pont-Neuf, à
la Charité.

M. DCC. XL.
AVEC PERMISSION.

A

MONSEIGNEUR
LE CHEVALIER
D'ORLEANS,

GRAND D'ESPAGNE,

GRAND PRIEUR DE FRANCE,
GENERAL DES GALERES.

ONSEIGNEUR,

Je m'étois promis de ne vous rendre un
hommage public, que quand je pourrois

EPITRE.

vous offrir quelqu'Ouvrage remarquable par son étenduë & par sa diction ; mais, j'ai beau former tous les jours des desirs, ce chef-d'œuvre, que j'attens de moi-même, n'arrive point. Pardonnez-moi, MONSEIGNEUR, si, dans ses démarches, mon Cœur est plus prompt que mon Génie, & si le zéle qui m'anime, ne peut se contraindre plus long-tems.

Cependant ; ce zéle, qui voudroit parler, céde à un austere devoir. Si, de la part d'un Protecteur, l'excès de modestie, & dans un Auteur, l'incapacité de faire un digne Eloge, sont des motifs qui doivent empêcher de l'entreprendre ; jamais personne n'a été plus obligé à garder le silence que je le suis ici.

Je me borne donc à l'honneur de vous dire que je suis avec un très-profond

EPITRE.

respect , & l'attachement le plus fidele & le plus inviolable ,

MONSEIGNEUR,

Votre très-humble & très-
obéïssant serviteur,

FAGAN.

A I

ACTEURS.

M. LISIMON. ⎱
Mde LISIMON. ⎰ Bons Bourgeois.

JULIE, fille de M. & Mde Lisimon.

LELIO, Amant de Julie.

ROZETTE, Servante de M. & Mde Lisimon.

LA FLEUR, Laquais de Lelio.

UN LAQUAIS.

La Scene est à Paris dans la Maison de M. Lisimon.

LA

LA JALOUSIE
IMPRÉVUË,
COMÉDIE.

SCENE PREMIERE.

M. LISIMON, Mde LISIMON, ROZETTE.

M. LISIMON.

UI, ma femme. Je viens de dire fort civilement à Lelio que je le remerciois de ſes viſites, & que ſur les belles nouvelles que j'ai appriſes, il n'avoit que faire de ſonger un moment à ma fille. Comment, Diable! Un homme qui court aprés quatre ou cinq femmes à la fois, qui méne une vie tout-à-fait déreglée & libertine! Non, non, vous dis-je, il n'a que faire de ſonger un moment à ma fille.

A

LA JALOUSIE

Mde LISIMON.

Peut-être les raports que l'on vous a faits, sont-ils faux ; mais dans le doute, j'approuve très-fort, mon mari, la résolution où vous êtes.

M. LISIMON.

Corbleu ! une pareille conduite feroit un bel effet dans un ménage ! Je prétends que ma fille soit aussi heureuse que vous l'êtes, Madame. Depuis vingt-deux ans que nous vivons ensemble, jamais je ne vous ai donné sujet de vous plaindre un moment de mes galanteries. Aussi, de votre côté, jamais la moindre allarme, pas le moindre soupçon. On ne m'a point vû courir après les Belles, on ne vous a point vû attirer les Galans ; & si quelqu'un à Paris peut se vanter d'avoir une femme fidéle, c'est sans doute moi, Madame.

Mde LISIMON.

Vous avez bien raison, & je ne crois pas devoir en tirer vanité.

M. LISIMON.

A la moindre infidélité, je pense que je fusse mort de chagrin. Ah ça. Je sors un instant. Dites deux mots à votre fille à ce sujet, & donnez de si bons ordres ici, que Lelio n'y paroisse pas davantage.

ROZETTE.

Par ma foi. Voilà d'étranges choses ! Quels sont donc ces beaux raports que l'on vous a faits ? Il méne une vie libre & agréable ; faut-il donc qu'à son âge il se conduise comme un Caton ? Il court après quatre ou cinq femmes à la fois, hé bien ! il ne les attrape pas toutes apparemment.

M. LISIMON.

Mais voyez un peu quel ton prend cette fille ;
& de quoi, Diable, elle se mêle !

Mde LISIMON à Rozette.

Taisez-vous. Allez, Monsieur, je prendrai de
si bonnes mesures, qu'il ne sera plus question de
lui ici. Je ne veux pas même que de sa part, on
reçoive le même message, & si j'apprends......
C'est à vous plus qu'à personne à qui je veux parler, Mademoiselle Rozette.

*M. Lisimon sort, & Mde Lisimon
rentre chez elle.*

SCENE II.

ROZETTE *seule.*

JE vous entends ; mais je ne vous promets pas
de vous obéir. N'est-ce pas une chose honteu-
se, que sur des raports en l'air, on donne ainsi
le congé à l'Amant le plus tendre ! Il faut que Lelio ait quelques ennemis secrets. Il ne paroît
pourtant pas les mériter ; & je veux.........

SCENE III.

JULIE, ROZETTE.

JULIE.

AH, Rozette, je m'échape un moment pour te demander ce qui se passe ici. Assurément : il y a quelque chose.

ROZETTE.

Vous avez souvent oüi dire que dans le monde, tout étoit sujet à des révolutions ; que de tems en tems on voyoit sur la terre...... on voyoit mille choses étonnantes.

JULIE.

Hé bien, oüi. Tu me fais frémir.

ROZETTE.

Imaginez-vous..... ce qui pouvoit arriver de plus terrible.

JULIE.

Ciel ! Je t'entends.

ROZETTE.

Qu'est-ce que c'est ?

JULIE.

Mon mariage est rompu.

ROZETTE.

Vous l'avez deviné. On ne veut pas voir ici Lelio davantage.

JULIE.

Ah ! Que me dis-tu, Rozette !

ROZETTE.

Telle eſt la volonté de M. Liſimon. Cependant il ne faut pas perdre courage. Il eſt à propos que votre mere ne s'apperçoive point du chagrin que cette rupture vous cauſe. Je ferai de
mon côté de mon mieux, pour adoucir vos malheurs.

JULIE.

Et pour quelle raiſon, mon pere. . . . . .

ROZETTE.

Sur un raport qu'on lui a fait, il juge que Lelio eſt un libertin.

JULIE.

Lelio libertin! Ah, Rozette, quelle injuſtice!
Il m'a toujours inſtruite de toutes ſes démarches,
de tous ſes ſentimens, de toutes ſes penſées.

ROZETTE.

Vous devez l'en croire. Sur le chapitre des
bonnes fortunes, nos Amans n'ont pas le défaut
d'être diſſimulés.

JULIE.

J'entends quelqu'un. Ne m'abandonne pas,
Rozette. Toute mon eſpérance eſt en toi. . . . . . .
Eſt-il un cœur plus à plaindre que le mien!

Elle rentre.

SCÈNE IV.

ROZETTE, LA FLEUR.

ROZETTE.

Ne vois-je pas la Fleur ?

LA FLEUR.

C'eſt vous tout juſte que je cherche , Made-
moiſelie Rozette.

ROZETTE.

Qu'a-t-il donc ? Et a quoi penſes-tu , de venir
ici dans l'état où tu es ?

LA FLEUR.

Dans quel état , s'il vous plaît ?

ROZETTE.

Yvre : à ne pouvoir pas te ſoutenir.

LA FLEUR.

Cela n'eſt pas vrai. *Il fait un hoquet.*

ROZETTE.

Quoi ! Tu oſes dire que tu n'as pas bû ?

LA FLEUR.

Oüi. J'ai bû , mais j'ai eu mes raiſons pour
cela.

ROZETTE.

Oh. Ces raiſons là ſont très-bonnes. . . . . Lelio
t'envoye ſans doute. Pour quel ſujet ?

LA FLEUR.

Allons doucement , je vous en prie.

ROZETTE.

Il faut avoüer qu'en toutes choſes , Lelio eſt

traité bien injuſtement ! Dans les circonſtances où il ſe trouve , il charge d'une commiſſion un miſérable qui s'enyvre en chemin !

LA FLEUR.

Miſerable ? Mademoiſelle. Je ne bois pas ordinairement ; mais j'aime mon Maître. Et quand j'ai ſçû toutes les vilainies . . . . . le traitement indigne & in . . . . ſuportable qu'on lui faiſoit , le cœur me manquoit , entendez-vous bien ?

ROZETTE.

Allons , dis-moi de quoi il s'agit.

LA FLEUR.

Il s'agit d'un billet que mon Maître envoye à Julie.

ROZETTE.

Eh , donne-le moi donc.

LA FLEUR.

Point du tout. Je l'avois mis dans ma poche. Je l'ai enſuite poſé ſur une table ,, & je me doute . . . . & je me ſouviens fort bien que je ne l'ai pas remis dans ma poche.

ROZETTE.

Quelle patience il faut avoir !

LA FLEUR *parlant très-haut.*

Tien . . . . .

ROZETTE.

Mais veux-tu bien te taire. Si Madame ſçait que tu es venu ici , elle ne me le pardonnera pas & elle aura raiſon de ſe plaindre.

LA FLEUR *riant en yvrogne.*

Les fautes des yvrognes ſont toujours heureuſes. Il y avoit apparemment dans ce billet-là quelque choſe qui auroit fait tort à mon Maître. Cela devoit être dès le commencement des ſiécles.

ROZETTE.

Va-t'en, c'eſt tout ce que je te demande.

LA FLEUR.

Oh, je veux pourtant raporter le billet.

ROZETTE.

Il vaut encore mieux ne le point raporter. Ne parois point.

LA FLEUR.

Non, non, il faut toujours faire ſon devoir.

ROZETTE.

Mon cher la Fleur, ſi tu es capable de quelque attention dans l'yvreſſe où tu es, retire-toi ſans bruit, je t'en conjure.

LA FLEUR.

Adieu donc, Rozette.

ROZETTE *le pouſſant.*

Oüi. Adieu, mon ami........Je tremble qu'on ne l'apperçoive.

Madame Liſimon paroît.

LA FLEUR *qui eſt prêt à ſortir.*

Oh, oh, oh. Voilà qui eſt plaiſant ! Je le re-trouve heureuſement dans ma poche, ce billet. Oh, oh, oh.

ROZETTE.

Fort bien. Crie encore plus fort. *(lui arrachant le billet.)* Donne donc vîte, malheureux. *(apper-cevant Madame Liſimon.)* (*La Fleur ſort.*) Hé bien ! Ne voilà-t-il pas ce que j'avois craint ? Elle nous ſurprend. Je ſuis perduë. Que lui dirai-je ?....En verité, je ne ſçais.

SCENE V.

M^de LISIMON, ROZETTE.

M^de LISIMON.

QU'eſt-ce donc? Ce garçon eſt à Lelio, &
vous recevez ſécretement une lettre?

ROZETTE.

(*à part.*) Voyons. Payons d'effronterie. Plaît-
il, Madame?

M^de LISIMON.

Quoi? Voulez-vous ſoutenir le contraire?

ROZETTE.

Moi! ſoutenir le contraire! Et pourquoi, Madame? On m'a dit que ç'étoit à vous à qui elle
s'adreſſoit.

M^de LISIMON.

A moi?

ROZETTE.

Aſſurément.

M^de LISIMON.

Mais ſi c'eſt à moi, pourquoi ne m'avoir pas
fait parler? Au ſurplus: dès que mon mari s'eſt
expliqué, je me fais gloire d'obéir aveuglément,
& je n'ai plus de juſtification à recevoir de la
part de Lelio.

ROZETTE.

Je ne ſçais que vous dire, Madame. Vous
vous faites gloire d'obéir: cela eſt très-ver-

tueux.... Mais auſſi : tant ſe glorifier de ſa vertu..... Je m'en vais, car je ſens que je dirois
quelque choſe de mal à propos. *Elle rentre.*

SCENE VI.

Mde LISIMON *ſeule*.

ELle eſt toute déconcertée. Quoi ! Après la
défenſe que j'ai faite, il ſeroit poſſible ? ....
(*Elle ouvre le billet.*) Cela n'eſt pas douteux, c'eſt
un billet à ma fille.

SCENE VII.

M. & Mde LISIMON.

M. LISIMON *ſans voir ſa femme.*

CE qu'on m'avoit dit vient de m'être confir-
mé, & l'on a ajouté bien d'autres choſes.
Juſqu'où l'imagination d'un libertin porte t'elle
le deréglement ! Cela eſt inconcevable. Mais ma
parole eſt engagée à un autre. Songeons à pre-
ſent à aſſurer dans mon domeſtique, les ordres
que j'ai déja donnés. Ah ! ma chere femme.
Mde LISIMON.
Si vous voulez mettre quelque nouvel ordre
dans votre domeſtique ; commencez, Monſieur

Lisimon , par renvoyer une coquine de Servante qui reçoit un billet de Lelio pour ma fille , & qui croit en être quitte , en me difant groffierement qu'on lui a donné pour moi.

M. LISIMON.

Elle reçoit un billet pour ma fille , & elle dit qu'on lui a donné pour vous ! Ah , l'impertinente ! Voyons donc. Un billet amoureux , fans doute ?

Mde LISIMON.

Vous pouvez bien le croire.

M. LISIMON.

Mais voilà une grande audace ! La coquine !

Mde LISIMON.

Lifez. On n'a jamais vû défobéïr & mentir avec plus de hardieffe.

M. LISIMON.

Voyons, Voyons un peu le ftile de ce Monfieur.

Mde LISIMON.

Lifez.

M. LISIMOND lifant.

Seriez-vous complice du coup mortel que l'on me porte aujourd'hui , & croiriez-vous ce que l'on débite fur mon compte ? Non , à votre âge , & de l'heureux naturel dont vous êtes , on a un fentiment par qui ne fçait point juger faußement. Songez quelle doit être ma douleur ! Quel moyen employerai-je à prefent pour vous voir ? Celui de qui vous dépendez , a eu long tems de moi une opinion qui m'étoit bien favorable. Faut-il que de malheureux difcours m'ayent noirci! Moi, aimer toutes les femmes ! Toutes me font indifférentes. Une feule m'eft chére ; mais fi chére . . . . que je mourrai plûtôt que de l'oublier , & que je meriterai fa tendreffe en dépit des jaloux.

M^de L I S I M O N.

Il ne l'oubliera pas ! Je doute fort que cette grande résolution qu'il fait paroître, lui réüſſiſſe.

M. LISIMON.

Mais.....

M^de LISIMON.

Quoi ?

M. LISIMON.

Elle vous a dit que c'étoit à vous ?

M^de LISIMON.

Oüi, vous dis-je. Elle a eu cette effronterie.

M. LISIMON *après avoir lû.*

De quel coup ſuis-je frapé !

M^de LISIMON.

Comment ?

M. LISIMON.

Plus je relis.....

M^de LISIMON.

Que voulez-vous dire ?

M. LISIMON.

Comment, Diable ! Il faut s'attendre à tout de la part d'un libertin.

M^de LISIMON.

Mais, qu'eſt-ce donc ?

M. LISIMON.

Jaloux : une ſeule m'eſt chére. Une femme. Une ſeule femme. Jaloux. En dépit des jaloux.

M^de LISIMON.

Mais je crois que vous extravaguez.

M. LISIMON.

Seriez-vous complice ? Jaloux. Celui de qui vous dépendez. Une femme. Je mériterai ſa tendreſſe.... Je n'y vois plus de doute. Le ſens eſt clair par tout, & c'eſt à vous, Madame.

Mde LISIMON.

O Ciel ! Mais vous extravaguez, vous dis-je.

M. LISIMON.

Eh ! doucement, Madame, je vous en prie.

Mde LISIMON.

Mais l'on riroit, si l'on sçavoit..... Quoi, moi ?....

M. LISIMON.

Il n'y a point à rire. On vous dit que c'est un déterminé à l'égard des femmes.

Mde LISIMON.

Mais en bonne foi : se trouve-t-il là un seul mot qui puisse me convenir.

M. LISIMON.

Tout, Madame. Tout. Tout.... Ouf! Tâchons de calmer nos sens.

Mde LISIMON.

Quoi ! Vous tomberiez dans une erreur pareille. *Jaloux*, c'est-à-dire, ceux qui m'ont noirci. *Une femme*, c'est un mot général.

M. LISIMON.

Eh ! Je suis votre serviteur. Le voulez-vous défendre ? Cela seroit fort, Madame. Encore une fois, je vois bien ce que je vois .... Allons, c'est une chose décidée. Il n'y a point d'équivoque.

Mde LISIMON.

Mais, en verité ....

M. LISIMON.

D'équivoque ? Et où seroit-elle ? Et non asfurément il n'y en a point. D'un bout à l'autre cela se raporte. Cela va de suite.

Mde LISIMON.

Cela va de suite ?

M. LISIMON.

Eh affurément. *Seriez-vous complice ?* Penfe-riez-vous comme votre mari. *Du coup mortel.* Oüi, de ce que votre mari m'a défendu de pa-roître. *Celui de qui vous dépendez.* Votre mari. *A eu long-tems de moi une opinion qui m'étoit bien favorable.* Sans doute. Je croiois bonnement que c'étoit à ma fille à qui il en vouloit. *Quel moyen employerai-je à préfent pour vous voir ?* Le voilà embarraffé. Cela lui étoit commode. C'étoit un prétexte. Avec une femme mariée, on ne va pas comme cela fans précaution. *De malheureux difcours.* Il les trouve malheureux. *Une feule m'eft chère.* Une feule femme ; vous, Madame Lifimon. *Une feule m'eft chére. En dépit des jaloux.* En dépit de Mon-fieur Lifimon votre mari. Je ne fçais pas fi je rê-ve, mais cela me paroît fans obfcurité. Je ne fuis pas affurément jaloux de ma fille.

Mde LISIMON.

Mais quel égarement ! Pourquoi cherchez-vous à vous aveugler vous-meme ? Quand ces mots feroient douteux, je le fuppofe : n'y en a t'il pas d'autres qui abfolument ne peuvent pas me regarder. *A votre âge*, par exemple.

M. LISIMON.

Ceffez. Ce feroit trop, vous dis-je, de vou-loir le défendre.

Mde LISIMON.

A votre âge, on a un fentiment pur.

M. LISIMON.

Ah ! Laiffez-moi refpirer.

Mde LISIMON.

M'écriroit-il de la forte !

M. LISIMON.

Le fait eſt avéré.

Mde LISIMON s'emportant un peu.

A votre âge, encore une fois. *A votre âge.*

M. LISIMON.

Eh ! C'eſt une faute. C'eſt une faute qui s'eſt gliſſée.

Mde LISIMON.

Quelle prévention !

M. LISIMON.

Mais que dis-je , une faute. *A votre âge.* Eh vraiment non. Ce n'eſt point une faute. Que voulez-vous dire ? *A votre âge , & de l'heureux naturel dont vous êtes , on a un ſentiment pur qui ne ſçait point juger fauſſement.* Hé bien oüi , ſans doute. A votre âge & du caractére dont vous êtes , on a aſſez d'expérience pour ne point juger fauſſement. Sans doute. Penſez-vous que l'on doive faire plus de cas du jugement de votre fille , que du vôtre ?

Mde LISIMON.

En vérité. . . . .

M. LISIMON.

Eh comment donc Madame ? Avec quelle confiance ? . . . . Comment ! De la diſſimulation ? De l'obſtination à le défendre ?

Mde LISIMON.

Mais , ceſſez donc. . . . .

M. LISIMON.

Par conſequent : il y a eu de l'intelligence , & pluſieurs mots me le découvrent.

Mde LISIMON.

Il n'eſt pas croyable que vous tombiez dans cette erreur. Ceſſez donc , je vous prie.

M. LISIMON.

Après vingt-deux ans de fidélité ! Qui l'auroit pû penfer ! O ciel ! Dans l'état où je fuis…

M^de LISIMON.

Eh ! Arrêtez donc, Monfieur Lifimon. Vous
allez vous faire mal,

M. LISIMON.

Eh ! morbleu, Madame, vous me faites bien
plus de mal que je ne puis jamais m'en faire.

M^de LISIMON.

Quelle imagination ! Quelle fatalité. Je n'en
puis plus.

M. LISIMON.

Je ne fçais que dire, ni que réfoudre. Tâchons
de rapeller nos fens. Retirons-nous, & voyons
quel parti nous aurons à prendre.

SCENE VIII.

M^de LISIMON feule.

Son efprit eft frapé. Que vais-je devenir !
Que je fuis malheureufe ! Comment le guérirai-
je de cette frénéfie ?

SCENE

SCENE IX.

LELIO, M^{de} LISIMON.

M^{de} LISIMON.

MAis que vois-je !
LELIO.
Pardonnez ſi je me ſuis introduit. . . .
M^{de} LISIMON.
Hola quelqu'un. Sortez. Sortez donc, Mon-
ſieur.

LELIO.
J'attendois que vous fuſſiez ſeule. . . .
M^{de} LISIMON,
Ciel ! Sortez donc, vous dis-je. Ne viendra-
t'on point ?
LELIO.
Madame. . . . .
M^{de} LISIMON.
Il y a, vous dis-je, une conſéquence infinie.
Sortez donc. . . . .
LELIO *ſe mettant à genoux.*
Eh Madame. . . . .
M^{de} LISIMON.
A mes genoux ! Miſéricorde !
Elle s'enfuit.

SCENE X.

LELIO *feul.*

QUelle eſt cette réception ! J'avois pris la réſolution de venir me juſtifier. J'eſperois que cette femme, en qui j'ai toujours reconnu de la raiſon, pourroit revenir des préjugez deſavantageux qu'on lui a inſpirés contre moi : Elle fuit. Elle craint de m'enviſager. Elle me reçoit avec un trouble dont il ne m'eſt pas poſſible de démêler la cauſe.

SCENE XI.

ROZETTE, LELIO.

ROZETTE *ſans voir Lelio.*

VOilà Monſieur L'iſimon terriblement intrigué ! Puiſqu'il faut que je ſorte, je ne ſuis pas fâchée d'une pareille avanture, & du moins, cela me ſatisfait.

LELIO.

Rozette : ne peux-tu me dire ? ….

ROZETTE.

Eh Monſieur, c'eſt vous ? Quels ſont donc les beaux bruits que l'on ſe plaît à répandre ſur votre compte ?

LELIO.

Tu peux bien t'en douter. C'eſt une calomnie groſſiere ; & il faut être d'une credulité bien
étrange , pour ajouter foi à de pareils diſcours.

ROZETTE.

Eh qui vous rend donc ces ſervices dans le
monde ?

LELIO.

Une femme qui croit que l'on ne doit ſoupi-
rer que pour elle. Quand ma paſſion pour Julie
s'eſt déclarée , il n'eſt rien qu'elle n'ait inventé
pour me décrier & pour me perdre. Mais , dis-
moi , je t'en conjure , n'as-tu pas reçû un billet ? . . . .

ROZETTE.

Oui , Monſieur , je l'ai reçû. Je penſe bien
que votre Valet n'aura pas été en état de
vous aller rendre compte de ſon Ambaſſade.
L'yvreſſe l'a ſurpris. Il a paru ici en deſordre.
Le billet eſt tombé dans les mains de Madame
Liſimon. . . .

LELIO.

Quoi ? c'eſt de la ſorte ? . . . .

ROZETTE.

Enfin , vos affaires qui alloient déja fort mal ,
par-là ſont entierement perduës.

LELIO.

Le malheureux ! Ah ! toute ma colere va
s'épuiſer ſur lui !

ROZETTE.

Tenez , Monſieur : Il ne faut point ſe flater ,
je vois que vous eſperez encore , mais en vérité
cette eſperance eſt bien inutile.

LELIO.

A quelle extrêmité suis-je réduit !

ROZETTE.

Ecoutez. Je n'avois que faire à tout cela, moi. Cependant je suis renvoyée par raport à ce billet. Dans ma petite sphere, je me trouve tout aussi à plaindre que vous, puisque je vais perdre une condition qui est très-bonne : L'indignation me fait naître un idée qui vous vengeroit, si vous vouliez ; & que, par équité pour moi, vous devriez adopter, puisque cela me justifieroit.

LELIO.

Comment ?

ROZETTE.

D'abord, il faut vous défaire d'une sincerité trop scrupuleuse.

LELIO.

Moi ?

ROZETTE.

Sans doute. Tel que vous êtes ; rien ne vous réussit : devenez un peu fourbe, un peu traître, vous vous en trouverez mieux.

LELIO.

La ressource est fort bonne.

ROZETTE.

J'en essayerois.

LELIO.

Va. Laisse-moi. Je suis né plus malheureux que bien d'autres ; & je deviendrois le plus grand coquin du monde, que je n'en serois pas plus consideré.

ROZETTE.

Enfin : réduit comme vous l'êtes à ne plus voir

Julie ; ce que j'imagine pourroit.... que ſçait-
on ? ... Vous pourriez embaraſſer ceux qui
vous font injuſtice d'une façon qui vous ſeroit
utile. Il faut chercher à les intimider, quand
ce ſeroit même par des raiſons plus ſpécieuſes
que ſolides.

LELIO.

Tu penſes.... Quelle eſt donc cette idée ?

ROZETTE.

Sçachez que M. Liſimon s'eſt aviſé de croire...
Je l'entens. Sauvez-vous. Mettez-vous à l'écart.
Dans un moment je m'en vais vous rejoindre.

SCENE XII.

M. LISIMON, ROZETTE.

M. LISIMON.

IL faut examiner ceci avec attention. Sûrement il y a de l'intelligence. Quel dérangement
affreux ! Une femme que je croyois raiſonnable, & qui devroit l'être. Approche, & parle.

ROZETTE.

J'ai reçû mon congé. Je ne parle plus.

M. LISIMON.

Il eſt bien certain que c'eſt pour ma femme,
que tu as reçû ce billet ?

ROZETTE.

Je ne ſçais point faire de ſermens. Ce que j'ai
dit, on peut le croire, ſi l'on veut.

M. LISIMON.

Mais je prétens. . . .

ROZETTE.

Je n'ai rien à dire. Dès que l'on me renvoye, ce n'eſt plus mon plaiſir de rendre aucun compte.

Elle ſort.

SCENE XIII.

M. LISIMON *ſeul.*

JE l'entens aſſez ſans qu'elle parle. Elle ne veut pas ſe rendre accuſatrice de ſa Maîtreſſe. Je vais faire un terrible éclat de cette affaire ; & la réputation dont Madame Liſimon jouiſſoit tranquillement, va être ſuivie de tourmens, de troubles & de mépris bien ſanglans ! Je lui ai dit de ſe rendre ici. La voilà. Je me ſens tout ſaiſi, en la voyant.

SCENE XIV.

M. & M^{de} LISIMON *qui approche*
en tremblant.

M. LISIMON.

AH! ça ; Madame. Point de déguifement.
Ceci eft férieux. Il faut voir quelles mefures
nous aurons à prendre.

M^{de} LISIMON.

Je ne m'affligerois point , Monfieur , & affurément je n'en aurois nul fujet ; fi je ne fçavois
pas qu'une fantaifie , pareille à la vôtre , peut
frapper l'efprit de l'homme le plus fage ; & fi
cette fantaifie n'étoit pas capable de troubler
votre repos & le mien. Vous m'êtes cher , je
croyois vous être chere auffi....

M. LISIMON.

Difcours féducteurs que tout cela. Il ne s'agit
point , dans ce moment , Madame , de chercher
à nous attendrir.

M^{de} LISIMON.

Quoi ! Vous voulez me réduire à me juftifier
fur de pareilles chofes ? Eft-il bien-féant à vous
de me foupçonner de la forte ? Songez donc
combien il y a de tems que je vous fuis fidele ;
fongez à ma tendreffe , aux foins continuels que
je vous ai rendus.

M. LISIMON.

Eh ! le paffé ne fait rien au préfent , Madame.

Toutes ces belles apparences ne m'en imposent
pas. Je ne fais point d'attention à ce que vous
me dites. Tous les jours les pauvres maris se
trouvent attrapés de la sorte. Les uns plutôt,
les autres plus tard. Enfin, mon heure étoit venuë !...... Oh ! que cela est dur à supporter !
Madame. Plus j'ai compté sur votre fidelité,
plus l'évenement en question m'est sensible. Je
vous déclare. Oui. Je vous déclare que je vais
me séparer d'avec vous. En un mot, Madame,
il est certain que l'on vous aime, & l'on n'a pas
pû vous aimer sans que vous en soyez instruite.
Parlez. Quand tout cela a-t'il commencé ? Quel
effet cela fit-il sur vous, quand cela commença ?
Comment s'y est-on pris pour vous le déclarer ?
Où étois-je ce jour-là ? A quoi pensois-je ? Quelle phisionomie avois-je ? Voilà, voilà, sur quoi
il s'agit de répondre.

Mde LISIMON.

Si l'on m'aimoit, si l'on me préferoit à ma
fille ; cela me paroîtroit un caprice bien singulier ; mais, en tout cas, Monsieur, ce que j'ai à
répondre, c'est que je n'en ai jamais rien sçû, &
que par conséquent je ne suis pas coupable.

M. LISIMON.

Eh ! c'est vous faire croire tout ce que l'on
peut être coupable, que de persister dans cette
dissimulation. Car il n'est pas possible.... Le billet ne prouve-t'il pas de l'intelligence ?... Est-il
vraisemblable ?... Oh ! qu'un pareil examen est
mortifiant ! Ma femme ; ma chere femme. Je
veux croire que j'en ai eu tout le chagrin que
j'en dois avoir, & que le traître n'osera jamais
se présenter devant vous ; mais, ma mie, avouez-
moi... là... avouez-moi ce qui en est.

Mde LISIMON.

Quoi ! Vous continuërez à me faire des quef-
tions auffi cruelles ?

M. LISIMON.

Faut-il qu'un femblable libertin fe foit introduit chez moi ! Voyons , tâchons de l'aider à
m'éclaircir la chofe. Ah ! ça , ma femme. Quand
il venoit , par exemple , il vous faifoit des poli-
teffes , & vous les receviez ?

Mde LISIMON.

Je les recevois , parce que je n'imaginois pas
que je dûffe faire autrement avec un homme
deftiné à ma fille. Depuis votre foupçon , j'ai
agi différemment.

M. LISIMON.

Depuis ?.....

Mde LISIMON.

Oui. Il eft venu , & j'ai eu l'attention de ne
pas demeurer un inftant avec lui.

M. LISIMON.

Il eft venu ?

Mde LISIMON.

Eh ! oui, vous dis-je.

M. LISIMON.

Aujourd'hui ?

Mde LISIMON.

Il n'y a qu'un moment.

M. LISIMON.

Mais , il faut que cet homme-là foit bien en-
ragé , bien endiablé contre moi !

Mde LISIMON.

Et quel inconvenient ?.... Ce tourment que
j'ignorois m'accable.

M. LISIMON *se jettant dans un fauteuil.*

Il est venu !... Le traître a juré ma perte.
L'imposteur ! le scélerat ! que je le hais ! que je
hais son cœur corrompu ! .... Je sacrifierois
plutôt ma vie que de lui accorder ma fille ; faudra-t'il que je le voye m'enlever ma femme !

Mde LISIMON.

Je ne suis pas plus disposée en sa faveur que
vous, mais c'est de quoi il n'est pas aisé de vous
convaincre.

M. LISIMON *vivement.*

Il est venu ! Il falloit m'avertir sur le champ.
Il falloit lui dire, que si jamais il étoit assez har-
di.... Mais, non : à quoi pensé-je ? Je me trompe. En lui défendant de paroître, il apprendra
que je suis jaloux. Il se vantera des progrès qu'il
a faits sur votre cœur. Il cherchera par-tout à
vous voir. Ce sera une ombre attachée à vos
pas. Sa fureur ne fera que s'irriter. Vous-même
le trouverez à plaindre. Non, non, Madame,
s'il vous plaît. Ce n'est pas cela. Le véritable
expedient ne s'est pas d'abord présenté à mon esprit. Excusez, c'est faute d'usage, je ne suis pas
encore trop au fait de la conduite que doit avoir
un mari maltraité. Ecoutez-moi.

Mde LISIMON.

Parlez, Monsieur.

M. LISIMON.

Je crois qu'il vaut mieux.... Oui, sans doute.
Il vaut mieux le recevoir ; ne lui point dire que
je sçais ses poursuites ; & même, lui faire entendre, que quand je les sçaurois, je ne m'en em-
barasserois guéres. Mais, je vous ordonne de
lui marquer tout le mépris que vous pourrez

imaginer ; de lui déclarer hautement que vous
le haïffez ; que vous le déteftez ; que vous ne
voyez rien en lui qui vous plaife ; que vous êtes
bien éloignée d'être fenfible pour un homme
comme lui ; & que fi vous avez quelqu'un à aimer , c'est votre mari , qui est un homme d'honneur.

Mde LISIMON.

Je tâcherai de vous obéïr , Monfieur.

M. LISIMON.

Je compte que cela fera executé. Vous ne devez point vous faire une peine de le maltraiter
de la forte , puifque vous prétendez être fi peu
coupable. Nous verrons , par-là , fi , en effet ,
vous ne l'êtes pas. Nous verrons ce que cela deviendra. Je ne vous en dis pas davantage. Hom.
Hom.

Il rentre.

SCENE XV.

Mde LISIMON *feule.*

JE confens à tout devant lui , pour tâcher de
l'adoucir : mais comme je fuis bien fûre que tout
ceci est une chimere , je me garderai bien de
rien faire connoître à perfonne d'une imagination auffi ridicule. Je n'ai nulle envie de recevoir Lelio ; & je prendrai le parti de demeurer
tranquille. Il y a apparence que l'inquiétude de
M. Lifimon ne fera que paffagere : Au furplus ,
après avoir fait tout mon poffible pour lui faire

entendre raiſon, il ſe tourmentera de cette idée
ſi long-tems qu'il le jugera à propos.

SCENE XVI.

JULIE, Mde LISIMON.

JULIE *avec vivacité.*

ROzette vient de me faire part d'une choſe
qui, je vous avoüe, ma mere, me cauſe une
grande ſurpriſe.

Mde LISIMON.

Rozette ? Eſt-ce qu'elle n'eſt point encore
partie ?

JULIE.

Non. Et dans l'inſtant même, mon pere
vient de lui dire qu'il falloit qu'elle reſtât encore
ici quelques jours.

Mde LISIMON.

Je vois qu'il faut que je m'attende à bien des
importunitez !

JULIE.

Mais ma ſurpriſe eſt telle que je n'en puis revenir. Comment donc, ma mere ? On dit que
ce n'a jamais été pour moi que Lelio eſt venu
ici ; & que ſenſible à votre mérite & à votre eſprit, il n'y eſt jamais venu que pour vous voir !

Mde LISIMON.

Ma fille ; quand on a eu le malheur d'écouter
des impertinences, il ne faut pas, du moins,
être aſſez ſotte pour les venir rapporter.

JULIE.

Je vous prie de me le pardonner, ma mere ;
mais la trahifon eſt aſſez grande, pour que vous
me permettiez de m'en plaindre. Rozette aſſure
que c'eſt injuſtement qu'on la chaſſe ; que les ſentimens ſecrets de Lelïo lui étoient connus, &
qu'elle avoit toujours crû devoir, là-deſſus,
garder le ſilence.

Mde LISIMON.

Mais, en vérité : je ne ſçais pas ce que tous
ces gens-là veulent me dire.

JULIE.

Si tous les hommes ſont d'un caractere auſſi
faux, ils ſont bien méprifables ! Qu'avois-je beſoin qu'il me trompât ? Qu'il parlât de m'épouſer ? Enfin... qu'il cherchât à me rendre ſenſible ? Car, offenſée comme je le ſuis, je ne puis
m'empêcher de parler ingenuëment devant vous,
ma mere. Le trait eſt ſi perfide de ſa part, & ſi
humiliant pour moi, que je ne crois pas que je
le puiſſe ſupporter. Ce ſont de ces injures qui
ne ſe pardonnent pas. Mon cœur eſt bleſſé mortellement ; & cette fourberie, que je ne puis concevoir, m'inſpire une indignation qui ſurpaſſe
de beaucoup toute l'eſtime que j'avois auparavant pour lui.

SCENE XVII.

Mde LISIMON, JULIE, UN LAQUAIS.

LE LAQUAIS.

LElio eſt là-dedans, Madame, & demande ſi vous voulez lui permettre de paroître.

Mde LISIMON *après un tems.*

Lui permettre de paroître ?..... Hélas ! Je ne ſçais.... Que je ſuis malheureuſe, & que l'embaras où je me trouve eſt déſagréable ! Si je le refuſe, on ne manquera de me le reprocher, & de trouver à cela du myſtere. Que je le reçoive : je ſerai enſuite accablée de mille interrogations fatiguantes....

JULIE.

Eh ! ma mere, pouvez-vous balancer ? Par pitié pour moi, ayez une explication avec lui, & voyons ce qu'il oſera dire.

Mde LISIMON *au Laquais, en hauſſant les épaules.*

Il eſt le maître.

SCENE XVIII.

LELIO, Mde LISIMON, JULIE.

LELIO.

QUelle satisfaction, Madame, & quel soulagement pour moi dans mon malheur, que vous vouliez bien me permettre de me présenter encore devant vous. Je ne crains point, même en présence de témoin, de vous en marquer ma reconnoissance.

JULIE.

Si ce témoin vous importune, Monsieur, il en est bien mortifié : mais il se croit ici nécessaire.

Mde LISIMON *fierement*.

Je ne vous permets, en vérité, ni ne vous empêche de paroître. Mais : après ce que mon mari vous avoit dit ; après les ordres que j'ai donnés ici, & la façon dont je vous ai déja reçû : Que voulez-vous ?

LELIO.

Il est tems de vous avouer, Madame, ce que jusqu'à présent j'avois crû devoir vous taire, quoique j'eusse pû vous le déclarer sans vous offenser, & sans donner une mauvaise opinion de mes sentimens.

JULIE *à part*.

Que va-t'il dire ?

LELIO.

Je ne ſçais ſi vous croirez que je parle avec ſincerité : mais, je ſuis forcé de vous dire, (*affectant un air un peu petit Maître.*) qu'à l'égard de Mademoiſelle votre fille.... Jamais, je ne me ſuis flaté de l'obtenir.

JULIE *à part.*

Il eſt donc vrai ! le fourbe !

LELIO.

Ce n'eſt pas que je ne rende toute la juſtice qui eſt dûë à ſes charmes & à ſon éducation : mais, dans le fond de l'ame, je ſuis du nombre de ceux que le mariage effraye. Vous m'allez dire pourquoi donc vous être préſenté comme un homme qui demandoit à l'épouſer ? C'eſt une faute que j'ai faite par un excès de délicateſſe : c'eſt une faute que j'aurois pû éviter ; car on ne devroit point avoir honte de déclarer ouvertement, à quelque perſonne que ce fût, un ſentiment pur, & qui n'a rien que de reſpectueux. C'eſt une faute que l'ombrage & les injuſtes ſoupçons de la plûpart des maris m'ont fait faire. Cependant : il ne ſeroit pas juſte que cette faute fût, en aucune façon, nuiſible à Mademoiſelle. Je ſerois au deſeſpoir ſi cette conduite de ma part alloit éclater dans le monde ; & même, je vous demande en grace qu'il me ſoit permis de paroître lui rendre des devoirs encore quelque tems, pour ne rien donner à penſer ſur ce qui ſe paſſe aujourd'hui, & pour pouvoir inſinuer, petit-à-petit, que des interêts de famille ſont les motifs qui empêchent ce mariage.

JULIE.

JULIE *à part.*

Fut-il jamais de perfidie femblable !

Mde LISIMON.

Je n'entens pas bien clairement , Monfieur ,
ce que fignifie un fentiment pur & refpectueux
dont vous parlez.

LELIO.

C'eft ce fentiment que je ne devois pas vous
cacher , Madame. C'eft cette fatisfaction que
l'on a de vivre tous les jours avec une perfonne
d'une probité douce & aimable. Ce fentiment
qui naît de ces converfations fages & fpirituel-
les , qui , en amufant , font aimer vertu. Ce
fentiment que font naître un caractere refpecta-
ble & mille bonnes qualités , que , fans en impofer , je puis dire que vous poffedez plus que
qui que ce foit au monde. Je fçais combien une
autre efpece d'attachement vous offenferoit :
mais un homme fur qui vous auriez fait une pareille impreffion , feroit-il raifonnable d'en rou-
gir plus long-tems , & de s'obftiner à ne vous en
point faire de l'aveu ?

JULIE.

J'ai peine à retenir le couroux. . . .

Mde LISIMON.

Mais : toute enveloppée qu'eft cette déclaration ; eft-ce bien à moi qu'elle s'adreffe ?

LELIO.

Je n'ai rien dit qu'il ne convienne , je crois ,
de vous faire entendre.

Mde LISIMON.

Retirez-vous. Vous me furprenez beaucoup ,
je l'avouërai , Monfieur. Retirez-vous , vous
dis-je. L'amitié d'un homme de votre âge ne

C

sçauroit me convenir, & soyez sûr que M. Lisimon n'est point homme à l'approuver.

JULIE *à Lelio.*

Est-il possible, ingrat ?.....

LELIO *à Madame Lisimon.*

Une femme doit être soumise sans être escla-
ve. Une societé honnête est par-tout recher-
chée, & un mari seroit injuste.....

Mde LISIMON.

Eh ! Monsieur.....

LELIO.

Vous pouvez décider de mon sort : mais, faites réfléxion à une chose, Madame. C'est que
pour l'honneur de M. Lisimon, pour la gloire
de Mademoiselle, & j'ose même dire pour la
vôtre : tout ceci veut plus de ménagement que
vous ne pensez.

Mde LISIMON.

à part. Peut-il se rencontrer des circonstances
plus bizarres ! *haut.* Allez, Monsieur : toute la
réfléxion dont je suis capable dans ce moment,
c'est que ce seroit un crime à moi de vous écouter.

LELIO *vivement.*

Dites plutôt, Madame, que ce sera un crime
de me condamner, de m'exhiler sans examen,
de rompre avec moi sans précaution, de conser-
ver d'injustes opinions sur mon compte. Le Ciel
est témoin de la vérité de ce que je vais dire.
Oui, Madame : mes sentimens pour toute vôtre
famille sont tels qu'ils doivent être. Je vous
rends : je rends à Mademoiselle ce qu'à chacune
je vous dois. Je puis même assurer que mon estime pour M. Lisimon est sincere, & que son

changement pour moi a été le coup le plus mortel que je pûſſe recevoir. Voilà quels ſont mes ſentimens. Voilà comme penſe un homme auſſi tendre que malheureux, qui, ſans être coupable, le *(Il regarde Julie, mais elle ne s'en apperçoit point, parce qu'elle a les yeux baiſſes & un air conſterné ainſi que Madame Liſimon.)* paroît dans ce moment, & qui ſe retire avec l'affreuſe certitude de n'être point plaint de celle qu'il aime.

Il ſort.

SCENE XIX.

Mde LISIMON, JULIE,

Mde LISIMON.

CElle qu'il aime ! Quelle expreſſion ! Que faut-il que je penſe ! Je ne ſçais lequel eſt le plus raiſonnable, ou de croire ce qu'il dit, ou d'en douter. Se peut-il ?.... La Lettre auroit-elle réellement, été envoyée pour moi ?

JULIE.

Je demeure interdite. Pourquoi cette trahiſon, dont j'étois déja perſuadée ; quand il en fait l'aveu poſitif, me cauſe-t'elle un ſi grand étonnement ?

Mde LISIMON.

Allez avertir votre pere.

JULIE.

Il paroît. O ciel ! que ce revers eſt douloureux pour moi ! Permettez-moi, ma mere, de vous cacher mon trouble.

Elle rentre.

SCENE XX.

M. LISIMON, Mᵈᵉ LISIMON, ROZETTE *arrive in inftant après & fe tient au fond du Théâtre.*

M. LISIMON.

JE n'étois pas loin. Hé bien. Qu'eſt-ce que c'eſt ? Comment cela s'eſt-il paſſé ? J'attendois qu'il fût forti. Je m'impatientois. J'ai eu vingt fois envie d'entrer.

Mᵈᵉ LISIMON.

Monſieur, je n'ai qu'un mot à vous dire, je me fais violence ; mais mon devoir l'emportera toujours fur tout.

M. LISIMON.

L'avez-vous bien maltraité ? Et . . . . .

Mᵈᵉ LISIMON.

Je ne l'aurois jamais crû. Il m'a fait une déclaration.

M. LISIMON.

Plaît-il ? . . . Une déclaration dans les formes ? Parlant à vous ? Une déclaration face à face ?

Mᵈᵉ LISIMON.

Cependant avec réferve, empruntant le voile de l'amitié, & se disant, pour vous, plein d'estime.

M. LISIMON.

Eh ! qu'il aille au diable avec son estime. Enfin : un nouveau jour se répand donc sur cette affaire ! Voilà donc qui est bien déclaré ! Il ose le dire ouvertement. Il ose persister.

M^{de} LISIMON.

Jamais, je vous avouë, je n'ai été si étonnée.

M. LISIMON.

Quel coup de foudre ! Parbleu, Madame, voilà une petite conduite fort honnête ! Cela suffit : & je crois qu'à présent vous n'oserez plus soutenir qu'un amour si obstiné ait pû naître sans que vous en soyez coupable en la moindre chose.

M^{de} LISIMON.

Je me suis attenduë à tout ce que cela m'alloit attirer de votre part ; mais en vous avouant la chose, j'ai fait ce que j'ai dû. Au surplus, Monsieur, il m'a persuadée qu'il seroit dangereux d'éclater dans cette avanture ; & j'espere à ce sujet vous faire faire quelques réfléxions, quand le premier mouvement de votre colere sera passé.

Elle rentre.

SCENE XXI.

M. LISIMON, ROZETTE.

M. LISIMON.

EH ! ne comptez pas qu'elle se passe, ma colere. Ç'en est donc fait ! Qu'est devenu ce rénom dont j'étois si glorieux ! Souffrirai-je que mon honneur soit outragé de la sorte ? Hé bien, que penses-tu de cela Rozette ? Est-il un homme plus trahi, plus malheureux que je le suis ?

ROZETTE.

Moi ! Je ne sçais là-dessus que penser. Si vous êtes malheureux, nous le sommes tous ici. Et cela : je le dis, sans en excepter celui qui vous trahit.

M. LISIMON.

Mais s'il est malheureux, lui : il mérite de l'être. C'est me payer de plaisantes raisons ? Il est malheureux ! Oh. Je puis bien répondre que son malheur, que celui de tous ceux qui me trahissent, n'est pas au point où il doit aller ; & je vais..... Mais quoi ? Que vais-je faire ? A-t'on jamais pû trouver un vrai remede à cela ; & que pourrai-je inventer qui satisfasse pleinement la rage & le dépit que j'ai au fond du cœur !

Il rentre.

SCENE XXII.

ROZETTE *seule.*

LE pauvre homme paye bien cher fon injuf-
tice, & le mauvais procedé qu'il a eu avec Lelio. Je ne fçais ce que cela produira. Je ne
fçais fi Lelio aura pû tirer quelqu'avantage de
l'idée que je lui ai donnée. A mon égard : dans
tout ce trouble-ci, j'ai effayé, du moins, de me
tirer d'affaire. Il y a apparence que ce que j'ai
dit à Madame Lifimon paffant à préfent dans
fon efprit pour une vérité, elle n'infiftera plus
pour que je fois renvoyée.

SCENE XXIII.

LA FLEUR, ROZETTE.

LA FLEUR *en fe frottant les yeux & ayant
une voix enrouée.*

à part. JE fuis bien en peine ; aurois-je fait
quelque bévûë ! *haut.* Ah ! Rozette. Mon Maître m'avoit chargé d'un billet pour Julie. Ma
foi ; je t'avouërai qu'en chemin, je fuis entré
dans un Cabaret ; j'ai bû & bû à outrance. J'ai
dormi. J'ai rêvaffé à mille chofes différentes ;
mais ce qu'il y a de fâcheux, c'eft qu'en me

réveillant, je ne l'ai pas retrouvé ce diable de billet.

ROZETTE *après avoir regardé quelque tems la Fleur, qui ne sçait ce que cela veut dire.*

Sçais-tu ce qui est arrivé ici aujourd'hui ?

LA FLEUR.

Qu'est-ce que c'est ?

ROZETTE.

Premierement, ton Maître, contre lequel on étoit déja prévenu, est à présent sans nulle esperance de jamais épouser Julie.

LA FLEUR.

Que me dis-tu !

ROZETTE.

A mon égard, moi : j'ai reçû mon congé.

LA FLEUR.

Est-il possible !

ROZETTE.

Pour Monsieur & Madame Lisimon, l'esprit de divorce s'est emparé d'eux, & ils sont sur le point de se séparer.

LA FLEUR.

Eh! mais, voilà de terribles affaires.

ROZETTE.

Cela est vrai : & si je te disois que c'est toi qui as fait tout cela.

LA FLEUR.

Moi!

ROZETTE.

Toi.

LA FLEUR.

Moi!

ROZETTE.

Si tu veux j'entrerai en détail là-dessus ; mais

je t'avertis auparavant qu'il ne fait pas bon ici
pour toi, & que de toutes les personnes qui peuvent paroître, il n'y en a pas une seule qui ne
soit disposée de façon à t'assommer de coups de
bâton sur la place.

LA FLEUR *ayant un air de réfléxion.*

J'aurois volontiers la curiosité d'entendre ces
détails, mais tu me parles d'un ton si énergique
& si persuasif, qu'avec quelques idées confuses,
il me prend envie de ne rien examiner.

Il sort avec précipitation.

SCENE XXIV.

M. LISIMON *ayant son chapeau enfoncé*,
ROZETTE.

ROZETTE.

ALlons un peu.... Mais voici Monsieur
Lisimon qui revient. Que son ame paroît agitée !

M. LISIMON *à part.*

On dira, si l'on veut, que cela est extrava-
gant; ma haine & mon dépit n'ont pû se contraindre, & le mot est lâché. Quelle extrava-
gance y auroit-il, après tout ? Quand l'honneur
est blessé, n'est-ce pas de cette façon-là que l'on
le venge dans le monde, & ne suis-je pas un
homme comme un autre ? Allons. Cela est décidé.

ROZETTE.

Si toute cette avanture n'étoit pas aussi sérieuse

pour nos Amans , & peut-être pour moi , je m'en divertirois volontiers. Que méditez-vous donc , Monsieur ?

M. LISIMON.

Ce que je médite ! Ce que médite un homme de cœur.

ROZETTE.

Eh ! mon Dieu ! Vous dites cela avec un si grand sérieux , que vous me donneriez presque envie d'en rire. Il semble , mais je ne puis me l'imaginer , il semble que vous allez vous battre.

M. LISIMON.

Croirois-tu que ces réfléxions , que Madame Lisimon disoit me vouloir communiquer, ont été des raisons pour établir ici les assiduités de Lelio ; des prétextes pour se ménager le plaisir de le voir ? Croirois-tu qu'une femme comme elle, seroit devenuë sensible.... Mais sensible ! Eh ! qui sçait jusques à quel point........ Tu te moques?.... Elle n'a pas dit un mot qui n'ait découvert sa folle passion.

ROZETTE *riant*.

Franchement, pour cet article-là ; je ne puis pas , en conscience , dire que je le crois.

M. LISIMON.

Enfin , puisque tu l'as deviné: il est vrai. J'ai chargé un vieil Officier de mes amis.....

ROZETTE.

De quoi ?

M. LISIMON.

D'aller sommer Lelio de ma part de se trouver.....

ROZETTE.

Mais voilà qui est inoui ! Vous ? Eh juste

Ciel ! Le beau combat ! Et que feriez-vous ?

M. LISIMON.

Je t'avoüe que dans cet inſtant que mes ſens ſont un peu plus raſſis, il me paroît aſſez deſagréable d'aller me battre, parce que l'on me.....

ROZETTE.

Deſagréable ! aſſurément. Et très-deſagréable. D'un autre côté, comment ſortir de là ? Voilà votre imagination frapée de façon à vous faire paſſer des jours bien miſérables. Vous ſerez tourmenté ſans ceſſe. Je penſe à une choſe bien ſimple, qui d'abord ne ſe préſentoit pas à mon eſprit. *à part.* Si ce moment étoit un moment heureux !

M. LISIMON.

Qu'eſt-ce que c'eſt ?

ROZETTE.

En vérité, la tête tourne dans de pareilles occaſions, & à peine avons-nous eu le tems de nous reconnoître ! Que quelqu'un, qui vous inquiéteroit, devînt votre gendre ; apparemment vous ceſſeriez d'en être jaloux. Lelio ayant paru rendre des devoirs à votre fille, malgré quelques ſoupçons que vous avez ſur ſa conduite, que ne le forcez-vous de l'épouſer.

M. LISIMON *vivement.*

Le forcer de l'épouſer ? Lui ? J'aimerois mieux.... Mais tu n'y penſes pas. Lui ! mon gendre ! Songe donc que j'ai conçû pour lui une haine, une antipathie ſi forte, qu'il n'eſt pas poſſible ; non, qu'il n'eſt pas poſſible que jamais elles s'éteignent.

ROZETTE.

Cependant ce ſeroit le ſeul moyen de vous mettre en repos.

M. LISIMON.

D'ailleurs, il faudroit que je fuſſe un pere bien barbare ! Quoi ! moi ! J'irois donner ma fille à un homme qui a des mœurs.... à un homme comme celui-là ?

ROZETTE.

Mais, à l'égard de cela, ſi quelqu'un de votre famille doit ſouffrir de ſon libertinage ; il vaudroit encore mieux que ce fût votre fille que vous. Rien ne vous eſt ſi cher que vous-même. Plus jeune, elle ſupportera mieux ces ſortes de chagrins ; & déja, elle ſera peut-être moins embaraſſée de la vengeance que vous l'êtes.

M. LISIMON.

Eh ! quand je voudrois l'y forcer, l'accepteroit-il ! Vraiment tu ne ſçais pas comme penſe cette eſpece de gens-là. Ils ne veulent rien d'honnête, ni de légitime.

ROZETTE.

Mais ſoyez vous-même bien déterminé.

M. LISIMON.

Il ne l'accepteroit pas, te dis-je. Non, il s'en tient à ma femme.

ROZETTE.

Faites-luì la propoſition. Parlez-lui ferme. Intimidez-le : il n'oſera peut-être pas refuſer ; & s'il accepte une fois, voilà votre tranquillité aſſurée.

M. LISIMON.

Eh ! non, te dis-je, il ne voudra pas.

SCENE XXV. & derniere.

M. & M^{de} LISIMON, JULIE, LELIO, ROZETTE.

Lelio paroît dans le fond du Théâtre avec Madame Lisimon, Julie suit Madame Lisimon, mais en est un peu éloignée.

M. LISIMON.

Qu'eſt-ce ?... Voici... Eſt-ce une illuſion ? Ne ſont-ce point eux que je vois enſemble ?

ROZETTE.

Ce ſont eux-mêmes ; & ils ſemblent cauſer avec aſſez de familiarité.

M. LISIMON.

Il lui parle bas. Elle l'écoute. Dieux ! Elle lui ſerre la main !

ROZETTE.

Vous voyez que ce ſera, ſous vos yeux, un ſupplice continuel, & vous aurez beau faire. L'occaſion ſe préſente : faites-lui la propoſition. Croyez-moi.

M. LISIMON.

Mais.....

ROZETTE.

Allez : n'héſitez point.

M^{de} LISIMON *haut à Lelio.*

Je vous en ſçais bien du gré, aſſurémenᵗ

M. LISIMON.

Elle lui en sçait bien du gré ! Ciel ! Il n'y a
pas un moment à perdre , & je n'y puis plus tenir. *allant à Lelio.* Monsieur, voulez-vous accepter ? . . . . .

LELIO.

Moi. Monsieur ? . . . Non assurément. Vous
êtes le maître de penser de moi ce qu'il vous
plaira.

ROZETTE *à Lisimon qui la regarde.*

Il ne vous entend pas.

M. LISIMON.

Monsieur , vous n'entendez peut-être pas......

LELIO.

Pardonnez-moi , Monsieur , j'entens à merveilles ce que vous voulez me dire , & j'ai là-
dessus rendu compte à Madame de ma façon de
penser.

ROZETTE *à Lisimon qui la regarde.*

Tenez bon , M. Lisimon.

M. LISIMON.

Mais , Monsieur. . . . .

LELIO.

Quand je le voudrois , vous jugez bien qu'à
présent Madame s'y opposeroit.

M. LISIMON *à Rozette , d'un ton pleureur.*

Elle s'y opposeroit.

ROZETTE.

Faites-vous écouter. Parlez haut.

M. LISIMON.

Je vous prie , Monsieur ; je vous prie de
vouloir bien accepter ma fille en mariage.

LELIO *demeurant furpris.*

Plaît-il?

M. LISIMON *à Rozette.*

Hé bien? Tu vois bien qu'il ne veut pas.

JULIE.

M'accepter en mariage? Hélas! mon pere, pouvez-vous de la forte m'expofer à un refus.

Mde LISIMON.

Malgré tous les différens reproches que Monfieur a malheureufement contre lui, ce feroit un accommodement qui feroit bien à défirer.

LELIO.

Madame; je fuis fûr de vous convaincre que les premiers reproches fur lefquels ma difgrace eft venuë, font faux. Les feconds, en ce qui regarde mon refpeet & mon attachement pour vous, font vrais; mais les circonftances vous ont fait prendre pour une déclaration d'amour ce qui n'étoit qu'une proteftation d'amitié; & dans mon infortune, je voulois tirer parti de l'erreur. A votre égard, Monfieur, je comptois recevoir un défi de votre part, & c'eft Mademoifelle votre fille que vous me priez d'accepter: franchement la propofition eft différente. Enfin, Mademoifelle, vous qui craignez d'être expofée à un refus; quelle apparence que cette crainte foit fondée avec un homme qui vous adore, & qui n'adorera jamais que vous.

Il lui donne la main.

M. LISIMON.

Eft-il poffible que j'en fois quitte!

ROZETTE.

O Ciel! d'où revenons-nous!

48 LA JALOUSIE IMPRE'VUE.

M^{de} LISIMON.

Ma joye ne fçauroit s'exprimer.

M. LISIMON.

Votre joye?... Embraffons-nous donc, ma chere femme, & foyez-moi renduë pour toujours.

F I N.

APPROBATION.

APPROBATION.

J'AI lû par ordre de Monseigneur le Chancelier, une Comedie qui a pour titre : *la Ja-
lousie imprévûë*; & je crois que l'on peut en permettre l'impression. Ce 30. Aout 1740.

Signé, CREBILLON.

D

imprimer ledit Ouvrage ci-dessus spécifié, en un ou plusieurs volumes, conjointement ou séparément, & autant de fois que bon lui semblera, & de le vendre, faire vendre & débiter par tout notre Royaume, pendant le tems de *neuf* années consécutives, à compter du jour de la datte desdites Présentes. Faisons défenses à toutes sortes de personnes, de quelque qualité & condition qu'elles soient, d'en introduire d'impression étrangere dans aucun lieu de notre obéissance ; comme aussi à tous Libraires, Imprimeurs & autres, d'imprimer, faire imprimer, vendre, faire vendre, débiter, ni contrefaire ledit Ouvrage ci-dessus exposé, en tout ni en partie, ni d'en faire aucuns extraits, sous quelque prétexte que ce soit, d'augmentation, correction, changement de titre, ou autrement, sans la permission expresse & par écrit dudit Exposant, ou de ceux qui auront droit de lui, à peine de confiscation des Exemplaires contrefaits, de trois mille livres d'amende, contre chacun des Contrevenans, dont un tiers à Nous, un tiers à l'Hôtel-Dieu de Paris, l'autre tiers audit Exposant, & de tous dépens, dommages & interêts : A la charge que ces Présentes seront enregistrées tout au long sur le Registre de la Communauté des Libraires & Imprimeurs de Paris, dans trois mois de la datte d'icelles ; que l'impression de cet Ouvrage sera faite dans notre Royaume & non ailleurs ; & que l'Impétrant se conformera en tout aux Réglemens de la Librairie, & notamment à celui du dixiéme Avril 1725. & qu'avant que de l'exposer en vente, le Manuscrit ou Imprimé qui aura servi de copie à l'impression dudit Ouvrage, sera remis dans le même état où l'approbation y aura été donnée, ès mains de notre très-cher & féal Chevalier le Sieur Daguesseau, Chancelier de France, Commandeur de nos Ordres; & qu'il en sera ensuite remis deux Exemplaires dans notre Bibliotheque publique, un dans celle de notre Château du Louvre, & un dans celle de notredit très-cher & féal Chevalier le Sieur Daguesseau, Chancelier de France, Commandeur de nos Ordres; le tout à peine de nullité des Présentes : Du contenu desquelles vous mandons & enjoignons de faire jouir l'Exposant ou ses ayans cause, pleinement & paisiblement, sans souffrir qu'il leur soit fait aucuns troubles ou empêchemens. Voulons que la Copie desdites Présentes, qui sera imprimée tout au long au commencement ou à la fin dudit Ouvrage, soit tenuë pour dûement signifiée, & qu'aux Copies collationnées par l'un de nos amés & féaux Conseillers & Secretaires, foi soit ajoutée comme à l'Original : Commandons au premier notre Huissier ou Sergent de faire pour l'exécution d'icelles, tous Actes requis & nécessaires, sans demander autre permission, & nonobstant clameur de Haro, Chartre Normande & Lettres à ce contraires : CAR tel est notre plaisir. DONNE' à Versailles le vingt-deuxiéme jour du mois d'Août l'an de grace mil sept cent trente-huit : & de notre Regne le vingt-troisiéme. Par le Roi en son Conseil. *Signé*, SAINSON.

Regiftré fur le Regiftre X. de la Chambre Royale des

Libraires & Imprimeurs de Paris , N°. 105. Fol. 93. conformément aux anciens Réglemens , confirmés par celui du 28. Février 1723. A Paris ce 26. Septembre 1738. Signé , LANGLOIS, Syndic.

De l'Imprimerie de CL.-FR. SIMON , fils. 1740.

JOCONDE,

COMÉDIE.

JOCONDE,

COMÉDIE

EN UN ACTE ET EN PROSE.

Le prix est de 24. sols.

A PARIS,

Chez PRAULT, Fils, Quai de Conty,
vis-à-vis la Descente du Pont-Neuf,
à la Charité.

M. DCC. XLI.

AVEC APPROBATION ET PERMISSION.

ACTEURS.

ASTOLPHE, Roi de Lombardie.

JOCONDE.

CLORINDE.

MARCELLE. } Sœurs.

SUSON.

Mr. MATASIO, Philosophe.

La Scene est dans une Ville d'Italie.

JOCONDE,
COMÉDIE.

SCENE PREMIERE.

ASTOLPHE, JOCONDE.

ASTOLPHE, *d'un air vif & enjoué.*

OUS voici donc, Joconde, dans ce lieu que l'on nous a indiqué ? Nous verrons quelles font ces Beautés rebelles.

JOCONDE, *d'un air vif & enjoué.*

Je vous avouë, Sire, que je croyois que nous étions affez vengés de l'infidélité dont nous avons foupçonné nos Maîtreffes, fans chercher à faire de nouvelles conquêtes. Les fleurettes que nous avons débitées dans toutes les Villes où nous avons féjourné, ont, ce me femble, affez bien réuffi.

A

ASTOLPHE.

Il est vrai : & je ne goûte pas un médiocre plaisir à me représenter quel doit être à présent l'étonnement de toutes les Belles qui nous ont avoué leur défaite , & qui , sur nos sermens, nous regardoient déja comme leurs Epoux.

JOCONDE.

Ce plaisir est un peu perfide ; mais je le sens comme vous ; & l'offense que nous croyons avoir essuyée , nous a paru si grave. . . . .

ASTOLPHE.

Je conviens que sur de simples soupçons , des Amans moins délicats que nous n'auroient point pris la chose tant à cœur. Je conviens que parce qu'un autre que moi aura pû plaire un instant , je ne suis pas pour cela trahi : mais mon amour propre en a été blessé : & pour le guérir , en vérité , Joconde , il a fallu me convaincre qu'une infidélité passagére est un mal trop léger & trop universel pour qu'on doive s'en affliger. Il a fallu me convaincre qu'il n'est point de cœurs , que la fleurette & l'artifice ne puisse distraire un moment de ses résolutions les plus fermes ; & qu'enfin si cette distraction d'un instant est un crime, un Sexe qui a la douceur & les graces en partage, ne sçauroit s'en défendre , par la coupable étude que les hommes ont faite de la séduction.

JOCONDE, *souriant.*

Depuis que nous courons le Monde, les exemples ne nous ont pas manqué.

ASTOLPHE.

Non : mais il en faut encore d'autres pour que ma gloire soit pleinement satisfaite.

Après avoir regardé si personne n'écoute ;
& parlant un peu plus bas.

En passant pour de simples Marchands , nous
nous préparons ici quelque chose de plus flatteur
que tout ce qui nous est encore arrivé.

JOCONDE.

Fort bien. Nous voici donc Marchands , &
nous donnons dans les plus petites Bourgeoises ?

ASTOLPHE.

Oüi ; laissons-là la qualité.

JOCONDE.

Les Grisettes d'un certain caractére ne sont
peut-être pas les plus sottes. Mais pour nous ,
dont le projet est de faire l'amour pour la gloire ,
& de donner dans le pur sentiment , je m'imagine
qu'une petite Bourgeoise rebelle doit être quelque chose d'un accès bien rebutant.

ASTOLPHE.

La victoire en sera plus glorieuse.

JOCONDE.

Il seroit fâcheux qu'après tant de faits éclatans
nous vinssions à échouer.

ASTOLPHE.

Va, ne crains rien , Joconde. Je soutiens à
présent qu'il n'est point de femmes , que les larmes , la flatterie & la libéralité , ne puissent attendrir. Je te dirai bien plus ; le moindre délai seroit pour nous un deshonneur. Il faut , pour que
notre projet soit rempli , que ces rebelles se dé-
terminent à nous accepter pour époux , cela en
un instant ; je ne donne que trente minutes à la
plus difficile.

JOCONDE.

Je reprends donc courage. J'ai parlé , Sire , à

l'Hôteffe, ainfi que vous me l'aviez ordonné ; elle m'a témoigné qu'elle eftimeroit fes filles fort heureufes, fi elles écoutoient nos propofitions ; mais elle m'a répété plufieurs fois que nos foins feroient inutiles, que fes filles étoient un prodige d'infenfibilité.

ASTOLPHE.

Trente minutes.

JOCONDE.

Un autre foin m'embarraffe. Le Livre de nos Avantures amoureufes, eft, je crois, rempli ?

ASTOLPHE.

Cela feroit-il poffible ?

JOCONDE.

Il l'eft, à peu de chofe près.

ASTOLPHE.

Notre tour de France doit effectivement l'avoir avancé.

JOCONDE, *va regarder dans le Livre.*

L'Article feul de Paris en remplit les deux tiers : quelques autres Villes de France ont auffi des articles fort honnêtes.

ASTOLPHE.

Hé bien !

JOCONDE.

Il ne refte place que pour trois ou quatre ; encore faudra-t'il écrire extrêmement menu. . . . . . . Mais fermons ; j'entends quelqu'un.

SCENE II.

ASTOLPHE, JOCONDE, MARCELLE, *dans l'enfoncement du Théâtre.*

ASTOLPHE.

AH, ah ! quelle est celle-ci ?

JOCONDE.

Elle paroît assez enjoüée.

ASTOLPHE.

C'est sans doute une des Rebelles ? Je vais sça-
voir d'elle. . . . .

JOCONDE.

Sire, un moment, s'il vous plaît, dans tout autre cas, le droit de parler le premier vous seroit
dû ; mais selon nos conventions, nous tirerons,
je vous prie, au sort.

ASTOLPHE.

Hé ! bien, sans tirer au sort, je serai pour la se-
conde.

JOCONDE.

Et moi pour la premiere, puisque vous me le
permettez.

ASTOLPHE.

Songe à jouer ton personnage.

JOCONDE.

Sire, laissez-moi faire.

MARCELLE, *s'avançant.*

Oh ! pour le coup, Maman m'a bien fait rire,
à Aftolphe & Joconde, les faluant.
C'eſt vous, je crois, Meſſieurs, qui demandez à
loger ici ?

JOCONDE, *foupirant.*

Oui, Mademoiſelle. Comme nous avons entendu dire que cette Ville étoit, de l'Italie, une
des plus propres au Commerce, mon couſin, que
vous voyez, & moi, ne ſerions pas fâchés de
nous y établir.

MARCELLE,

C'eſt ce que ma Bonne vient de m'apprendre :
elle a même ajouté à cela de longs diſcours, qui
ſont tout-à-fait plaiſans.

JOCONDE.

Elle vous a donc révélé un ſecret, qui ſans
doute m'eſt échappé indiſcretement ?

MARCELLE.

Ce ſecret eſt, que vous êtes dans le deſſein de
vous marier ici : mais à l'égard de mes ſœurs &
de moi, je ne ſçais pas comment vous auriez pû
compter y réuſſir ; car nous nous ſommes aſſez
hautement déclarées ; & on ſçait que nous regar-
dons comme de fort ſots perſonnages & les Maris
& les Amans.

JOCONDE.

Votre inſenſibilité eſt auſſi connuë que vos
charmes ; mais ne ſoyez pas ſurpriſe, Mademoiſelle, que la paſſion que je ne puis ſurmonter,….

MARCELLE,

Quelle paſſion ?

JOCONDE,

Celle que vous m'inſpirez.

MARCELLE.

Quoi ! c'eſt de moi dont il s'agit ? Eh ! mais
voilà une paſſion tout-à-fait ſinguliere ; & rien
n'eſt plus divertiſſant. Vous ne m'avez jamais
vûë ; je ne ſuis que paſſablement jolie : je ne vous
ai encore rien dit que de déſobligeant : tout cela
ne fait rien ; vous arrivez, je parois, voilà une
paſſion.

JOCONDE.

Quand je ne vous aurois jamais vûë que d'aujourd'hui, cette paſſion n'auroit rien d'impoſſi-
ble : mais mon malheur ne commence pas de
cet inſtant. Depuis un an, inconnu dans ces lieux,
ſous mille formes différentes, je vous vois, je
vous ſuis par tout, j'ai réſiſté autant que j'ai pû
au penchant funeſte.

MARCELLE.

Ah ! tâchez de rendre le Roman un peu plus
divertiſſant, je vous en prie ; vous avez un ton
langoureux qui me feroit trouver mal ; car je
vous avoue que j'aime à rire.

JOCONDE.

Ce mot de Roman vous échappe, ſans doute ;
& je ne puis croire que vous vouliez ajouter à
mes malheurs.....

MARCELLE, *riant.*

Bon ! N'allez-vous pas approfondir un mot ?
Je ſuis perduë ſi vous me demandez de la raiſon.
Ne voyez-vous pas que je ne fais attention ni à
ce que vous me dites, ni à ce que je vous dis moi-
même ?

JOCONDE.

Votre enjouëment me déconcerte. Je ſens que
pour vous moins déplaire, il faudroit que je

prisse le même ton; & c'est ce qu'une tendresse aussi sérieuse que la mienne ne me permet pas. Je renonce donc pour jamais à me plaindre, & je me tais dès ce moment.

MARCELLE.

Adieu. Je veux croire de bonne foi que vous êtes très-malheureux; mais il faut que je vous quitte.

JOCONDE.

Attendez, je vous supplie; une lueur d'espérance vient me frapper. Faites-moi la grâce de m'écouter encore un moment. Si vous me haïssez, il me reste du moins la foible consolation de penser qu'il n'est point de Mortel qui ne vous soit indifférent.

MARCELLE.

Oh! pour cela vous le pouvez penser.

JOCONDE.

Je suis riche, & quoique Marchand, ma famille est honnête. Je pense à une espéce de mariage de fantaisie : je ne doute point que vous ne l'approuviez, & que vous ne me permettiez de l'aller proposer à votre Mere.

MARCELLE.

Moi, l'approuver? Moi, vous permettre de l'aller proposer à ma Mere? Mais vous n'y songez pas,

JOCONDE.

Ecoutez-moi, s'il vous plaît. Comme mon dessein est uniquement de m'assurer qu'un autre ne vous possédera pas, nous mettrons deux clauses dans le Contrat. L'une, que vous ne serez point obligée de m'aimer (celle-là est souvent sousentenduë; mais nous la mettrons expressément.)

L'autre, que je n'aurai aucun des privileges que donne ordinairement l'autorité de Mari. De façon que, contraint de vivre éloigné de vous de plus de vingt lieuës, s'il me prenoit envie de paroître seulement dans la Ville où vous habiteriez, le Contrat dès ce moment est nul; & notre engagement ne pourra subsister que par des raisons, qui dans les autres assez communément le détruisent.

MARCELLE, *plus sérieusement.*

Cela seroit assez original : mais gardez-vous bien de faire aucune démarche : car vous perdriez votre tems.

ASTOLPHE.

L'accommodement est cependant, Mademoiselle, tout-à-fait raisonnable.

JOCONDE, *à Astolphe.*

Non, Seigneur, non; il n'y a rien à faire.

ASTOLPHE.

Je n'ai rien voulu dire jusqu'à présent; mais je ne puis m'empêcher......

JOCONDE.

Non; laissez-moi mourir. Mademoiselle est de ces personnes qui font cruelles par le plaisir seulement de l'être, & contre leur propre intérêt. Car qu'est-ce que je demande? Je veux, détaché de toutes vûës basses, & rempli d'un amour tout épuré, je veux obtenir un titre pour pouvoir uniquement partager mes richesses avec elle. Elle me refuse. Hé bien, mourons donc. Vous sçavez que ma langueur m'a, depuis un an, mis vingt fois aux portes du trépas; & si j'ai tenté aujourd'hui un dernier effort,......Pourquoi, cher ami, m'avez-vous tant de fois secouru? Ne faut-il pas que mon amour me conduife tôt ou tard au tombeau ?.... Je ne puis retenir mes larmes.... Je fens la voix me manquer....

ASTOLPHE, *le foutenant.*

Hélas ! rappellez votre courage.

JOCONDE, *appuyé fur Aftolphe.*

à Marcelle.

Mon deffein n'étoit pas de vous nuire, Mademoifelle. Vous pouviez me rendre heureux, fans qu'il en coûtât rien à la haine que vous portez fi cruellement à tous les hommes. Je confentois que vous n'aimaffiez point : mais ne vouloir pas permettre que l'on achete le droit de vous aimer, quand on le paye de toutes fes richeffes, c'eft pouffer la rigueur.....

MARCELLE.

Hé ! bien, il ne faut pas vous défefpérer.

JOCONDE, *avec vivacité.*

Je propoferai donc ce mariage ?

MARCELLE.

A la bonne heure.

JOCONDE.

Et aimer ?

MARCELLE.

Cela pourra peut-être venir.

JOCONDE.

Nous ne mettrons donc point la claufe ?

MARCELLE.

J'y confens.

JOCONDE.

Et les Privileges ?

MARCELLE.

Je ne fçai ce que c'eft ; mais il ne faut point fe fingularifer.

JOCONDE.

Vous me raviffez ! J'irai donc trouver votre Mere ?

MARCELLE.

Je vois venir ma fœur cadette. N'allez pas lui parler de la permiffion que je vous donne ni à ma fœur aînée, furtout, fi vous la rencontrez. Je puis, d'ailleurs faire des réflexions ; ne chantez pas encore victoire.

SCENE III.

ASTOLPHE, JOCONDE.

ASTOLPHE.

EN voici donc une qui fe rend ; & je ne crois pas qu'elle fe dédife.

JOCONDE.

Il faut avouer, Sire, que le métier que nous faifons, eft une vraie friponnerie.

ASTOLPHE.

J'aurai foin qu'en nous vengeant, tout fe termine ici d'une façon digne de ce que nous fommes. Celle qui vient eft extrêmement belle ; mais elle a un petit air de mauvaife humeur qui eft parfait.

JOCONDE.

Sire, la feconde vous regarde.

SCENE IV.

ASTOLPHE, JOCONDE, SUSON.

ASTOLPHE.

Ou portez-vous vos pàs ? Et que cherchez-
vous ma belle enfant ? Jamais rien de fi parfait....

SUSON, *d'un ton d'enfant de mauvaiſe humeur.*
Laiſſez-moi.

ASTOLPHE.

Permettez qu'en voyant vos attraits.....

SUSON.

Laiſſez-moi là.

ASTOLPHE, *à part.*

Ah ! ah ! Voilà un ton ſingulier ?
à Suſon.
Quoi ? vous répondez de la ſorte à l'empreſſement que je fais paroître ?

SUSON.

Sans doute.

ASTOLPHE.

Il ne ſied pas qu'une jolie perſonne , quand on
loue ſes charmes , prenne le ton que vous prenez.

SUSON.

Tant mieux. C'eſt mon plaiſir , à moi.

ASTOLPHE, *à Joconde.*

Oh , oh , couſin , vous m'avez laiſſez-là de la
beſogne !
S'approchant de Suſon , & la prenant par la main.
Je vous conjure , au nom des Dieux....

SUSON.

Hé ! bien , voulez-vous bien finir ?

ASTOLPHE.

Quoi ? vous ne daignerez pas ? . . . .

SUSON.

Est-ce qu'on prend comme cela la main des filles ? Dame !

ASTOLPHE.

Oh ! assurément , vous m'écouterez. Je suis autorisé à vous parler ; & il ne sera pas dit. . . . .

SUSON.

Si vous ne finissez pas ! . . . . . . Je vous dis encore une fois que je n'ai que faire à vous.

ASTOLPHE.

Vous n'avez que faire à moi ? Oh ! bien , je suis bien aise de vous dire que vous y avez à faire plus que vous ne pensez ; que j'ai le consentement , l'ordre même de votre mere ; & que je viens ici pour vous épouser.

SUSON.

M'épouser ? Eh oui ! Voyez donc comme il m'épousera !

ASTOLPHE.

Vous le verrez ; que cela vous plaise , ou non , je ne vous en épouserai pas moins.

SUSON.

Je vous crois. Est-ce qu'on épouse comme çà les gens malgré eux ?

ASTOLPHE.

Oüi , on les épouse malgré eux.

SUSON.

Et moi , je vous dis que non.

ASTOLPHE.

Et moi , je vous dis que oüi.

SUSON, *frappant du pied.*

Et moi, je vous dis que non. Voulez-vous
bien ne me pas obstiner donc?

ASTOLPHE.

Obstinez-vous tant qu'il vous plaira.

SUSON.

S'il ne tenoit qu'à vouloir, il y a plus de six
mois que le fils du Juge le veut : mais tous les
beaux discours qu'il étudie chez lui, & qu'il vient
me répéter, ne servent à rien. Et ma sœur aînée,
qui a été mariée, nous a bien fait entendre que
le Mariage étoit quelque chose qui ne valoit seulement pas la peine d'y penser.

ASTOLPHE, *à Joconde.*

Mon cousin, regardez attentivement. Vous
souvenez-vous de cette Duchesse que nous vîmes,
quand nous portâmes nos plus belles Marchan-
dises à la Cour?

JOCONDE.

Oüi, je m'en souviens.

ASTOLPHE.

Voilà tous ses traits, tout son air, si vous le re-
marquez.

JOCONDE.

Ceci vaut quelque chose de mieux encore.

SUSON, *se rengorgeant un peu.*

Je n'ai que faire que l'on se moque de moi.

JOCONDE.

Il seroit à souhaiter pour les femmes de Cour,
qu'elles eussent cette simplicité, cette naïveté
charmante.

ASTOLPHE.

Qu'appellez-vous simplicité? Il n'y a point ici

autant de simplicité que vous l'imaginez. Regardez-moi ces yeux.

à Suson.

Vous les cachez ! Ah , petite friponne !

SUSON.

Je vous épargne de les voir ; car ils ne peuvent rien témoigner de bon pour vous.

ASTOLPHE.

Oüi-dà ! Il me semble que quand vous voulez vous en donner la peine , vous tournez assez bien ce que vous voulez dire !

SUSON.

Ce que je dis n'est pas tourné avec beauconp d'esprit.

ASTOLPHE.

Non , assurément. Et vous êtes la bonté même.

SUSON.

Moi ? Je suis......

ASTOLPHE.

Eh ! oüi , vous dis-je ; on peut s'en rapporter à vous.

SUSON, *souriant.*

Comment ?

ASTOLPHE.

Oüi , riez , riez. *à Joconde.* Hé ! bien , vous auriez crû d'abord que c'étoit l'ingénuité même, une ignorance entiere du monde , un esprit peu cultivé. Vous y faites attention ; & vous êtes tout surpris de trouver de la finesse dans la pensée , & du tour dans l'expression.

SUSON, *se donnant quelques airs.*

Moi ? Point du tout.

JOCONDE, à *Astolphe.*

Dans le dessein où vous êtes de suivre la Cour, il est fâcheux que Mademoiselle ait résolu de ne point prendre d'engagement ; car elle semble toute faite pour vivre en ce Pays-là.

ASTOLPHE.

Elle y seroit adorée. Mais enfin cette autre jeune Personne que nous venons de voir, n'aura peut-être pas la même répugnance ; & je compte en faire la demande.

SUSON.

De qui ? De ma sœur Marcelle ?

ASTOLPHE.

Oüi. Je ne crois pas qu'elle refuse l'occasion de s'établir dans un séjour, où regnent les plaisirs les plus délicats, où les bons airs se répandent jusques sur les femmes les plus subalternes. Quand, après quelque tems elle voudra bien venir vous voir, vous trouverez dans son langage, & dans les façons de se mettre, des graces qui vous désespéreront.

SUSON.

Ma sœur n'est point faite pour cela.

ASTOLPHE.

J'espere qu'elle y sera bientôt formée.

SUSON.

Je vous dis que jamais ma sœur n'attrapera ces façons-là dont vous parlez.

ASTOLPHE.

Cependant mon parti est pris. Adieu.

SUSON.

Ecoutez donc, si vous voulez.

ASTOLPHE.

Non. *La contrefaisant.* Laissez-moi.

SUSON,

SUSON.

Vous vous trompez.

ASTOLPHE, *la contrefaisant.*

Tant mieux. C'eſt mon plaiſir à moi.

SUSON, *pleurant.*

Pardi ! c'eſt fort joli aſſurément, de ſe moquer comme vous faites.

JOCONDE, *à Aſtolphe.*

Vous avez d'abord penché pour Mademoiſelle ; il y auroit de l'injuſtice à ſonger à une autre, pour peu qu'elle acceptât vos propoſitions.

ASTOLPHE.

Quoi ! j'oublierois le mauvais traitement, que d'abord Mademoiſelle m'a fait eſſuyer ?

SUSON, *avec impatience.*

Quel eſt donc ce mauvais traitement ? Je ne vous ai pas d'abord voulu écouter, parce que je n'écoute pas ordinairement les hommes. Si je ne les écoute pas, c'eſt qu'ils ne m'ont jamais dit de certaines raiſons. Vous me les dites, vous ; & je vous écoute : ainſi vous voyez bien que vous devez m'aller demander à ma mere.

ASTOLPHE.

Allons donc ; nous verrons dans quelques jours.

SUSON.

Quoi, ce n'eſt pas aujourd'hui ?

ASTOLPHE.

Non ; j'ai encore quelques arrangemens à prendre.

SUSON.

Vous étiez d'abord ſi preſſant ! Cela eſt impatientant !

ASTOLPHE.

Je puis, après tout, y aller dans le jour.

B

SUSON.

Tout-à-l'heure, croyez-moi. Car on dit que
les hommes, d'un moment à l'autre, changent
de résolution.

ASTOLPHE.

Rien ne m'en fera changer.

SUSON.

Je vois venir ma sœur aînée. Je tremble de
vous laisser avec elle.

ASTOLPHE.

Ne craignez rien.

SUSON, *montrant une petite joye d'enfant.*

Ah Dame ! pour le coup, quand j'irai à la
Cour, cela fera bien endéver mes sœurs.

ASTOLPHE.

Comptez sur ma parole.

SUSON, *s'en allant.*

Adieu donc, Monsieur. *Elle s'arrête.* A tantôt.

ASTOLPHE.

Ne doutez pas de ma sincérité.

SCENE V.

ASTOLPHE, JOCONDE.

JOCONDE.

Voilà deux nouveaux articles, dont il faut
aller faire mention sur le Livre.

ASTOLPHE.

Tu pourrois tout de suite faire mention du
troisième.

JOCONDE, *écrivant.*

Parbleu, je crois que je ferois aussi-bien. Cependant, Sire, je ne sçai pas trop ce qui en arrivera. Cette sœur aînée a, dit-on, plus d'esprit que les deux autres.

ASTOLPHE.

Tu te moques ! l'esprit a-t-il jamais garanti le cœur.

JOCONDE.

Elle est d'ailleurs accompagnée d'une espece de Philosophe, qui a sur elle un empire absolu.

ASTOLPHE.

C'est une foiblesse dont il faut que nous sçachions profiter.

JOCONDE.

Enfin, au lieu d'une, cela fait deux personnes à vaincre.

ASTOLPHE.

Il est vrai que cela rend la chose plus difficile ; mais ne doutons point de la victoire.

SCENE VI.

ASTOLPHE, JOCONDE, CLORINDE, MATASIO.

CLORINDE.

Vous êtes le flambeau qui pouvez seul me conduire, mon cher Matasio. Vous passez pour régler mes sentimens, ainsi qu'il vous plaît : je ne m'en deffends point.

MATASIO.

Croyez que votre bien, Madame, est tout ce que je cherche.

CLORINDE.

Que je suis satisfaite de vos doctes leçons! & qu'il est bien vrai que l'étude du beau, du grand, du sublime, éteint dans les cœurs les desirs bas & matériels que nous inspire l'amour!

MATASIO.

Oüi, je vous le disois, Madame, on rapporte que Zenon ne donna qu'une fois, en sa vie, le bon jour à sa femme, encore étoit-ce pour ne point marquer trop d'impolitesse.

ASTOLPHE, *à Clorinde.*

Ce détachement que vous faites paroître, ces yeux baissés, cet extérieur austere, sont d'un triste présage pour deux Amans que vous avez également touchez.

JOCONDE.

Nous sommes également épris.

ASTOLPHE.

Le respect dont notre amour est accompagné, nous réunit, quoique rivaux.

JOCONDE.

Si l'un de nous étoit assez heureux pour être choisi, l'autre entendroit prononcer son arrêt sans murmurer.

ASTOLPHE.

Laissez-vous fléchir.

JOCONDE.

Daignez nous apprendre notre sort.

MATASIO, *à Clorinde.*

Voilà qui est singulier!

CLORINDE, à *Matasio.*

Laissez-vous fléchir ! Monsieur Matasio, qu'en dites-vous ?

MATASIO, à *Astolphe, & Joconde.*

Quelle témérité ! Sçavez-vous bien à qui vous vous adressez ?

CLORINDE.

Ces déclarations me plaisent fort !

ASTOLPHE.

Nous n'avons pas crû vous offenser.

JOCONDE.

Nous avons crû devoir risquer cet aveu.

MATASIO, à *Astolphe.*

Des déclarations ! Je ne sçais où j'en suis. Apprenez de moi. . . . .

ASTOLPHE.

Oüi, Monsieur.

MATASIO.

Apprenez que ce seroit épouser la Philosophie même que d'épouser Madame. Ce qui assurément seroit absurde à imaginer.

ASTOLPHE.

Il est vrai.

JOCONDE.

Il en faut convenir.

CLORINDE.

Je n'ai jamais pû concevoir ce que l'on dit de ces passions amoureuses qui captivent les hommes. Je sçai que pour le bien de la societé on peut se résoudre à recevoir un Epoux ; mais que l'ame dans ces sortes d'engagemens soit affectée ! C'est ce qui me passe.

MATASIO.

Cela me passe aussi.

ASTOLPHE.

Et moi, je foutiens que quand l'amour eft
pur & fincere, il eft impoffible de s'en défendre.

CLORINDE.

Impoffible de s'en défendre! Allons, Monfieur
Matafio, en voilà affez ; retirons-nous.

MATASIO.

On ne fçauroit entendre de femblables parado-
xes, fans fe fentir échauffer la bile. Allons, Madame.

ASTOLPHE, *la retenant.*

Oüi, je vous foutiens qu'il eft impoffible de
fe défendre d'un amour pur & fincere. Et c'eft
une matiere, qui après tout, Madame, mériteroit bien de votre part d'être approfondie philofophiquement.

JOCONDE.

Vous éprouveriez, Madame, en examinant
cette thefe, que les fens & l'ame font fi intime-
ment liez, que l'ame a beau vouloir s'élever,
elle ne peut être libre ; & que tout ce qu'elle
peut faire, eft de gémir de fa captivité.

MATASIO.

Laiffez, laiffez, Madame, des gens qui par-
lent fans principes.

CLORINDE.

Quoi ? vous voudriez me prouver que le rapport eft fi immédiat ?....

ASTOLPHE, *vivement.*

Oüi, Madame. Je fuis à vos pieds ; je vous
déclare que mon refpect m'a retenu long-tems
dans un rigoureux filence ; mais que la violence
de mon amour ne me permet plus de me taire. Je
vous avoue que je vous aime, & que je fuis

dans la réfolution de vous adorer éternellement....
Hé ! bien ? Cela ne fait-il aucun effet fur vous ?

CLORINDE.

Aucun.

MATASIO.

Ni fur moi.

ASTOLPHE.

Je ne me rebuterai point. Il n'y aura point de
reffource que je n'employe pour vous attendrir.
Je deviendrai galant & magnifique. Voici, par
exemple, un Diamant.... (Laiffez-moi fuivre
ma démonftration ; & prêtez-vous à tout ceci, je
vous en conjure.) Voici un Diamant d'un prix
confidérable. Imaginez-vous que je l'ai laiffé
fur votre Toilette, fans que vous vous en foyez
apperçûë. Vous l'effayez ; & quoique vous foyez
dans le deffein de faire d'exactes recherches pour
le rendre, vous le recevez en attendant.

CLORINDE, *en recevant la Bague.*

Je le reçois ?

ASTOLPHE.

Oüi.

MATASIO.

Badinage !

ASTOLPHE.

Ce n'eft pas tout. Je fçais que vous avez au-
près de vous un homme de Lettres, qui eft votre confeil, votre ami, mal aifé dans fes affaires,
comme la plûpart le font ; je lui dis ; Monfieur,
ma flamme eft honnête, le mariage eft mon objet,
votre honneur ne fera pas bleffé en me fervant ;
déterminez l'aimable Clorinde, déterminez celle que j'adore ; je vous promets mille ducats, fi
l'affaire réuffit, & voici d'avance une Tabatiere

extrêmement riche que je vous prie d'accepter.

à Matasio.

Acceptez, je vous prie, Monsieur.

MATASIO, *prenant la Tabatiere, & la regardant.*

Oüi, oüi; spéculation que tout cela !

ASTOLPHE, *à Clorinde.*

Laissez-moi continuer. On vous parle en ma faveur. Je reviens devant vous plus humble, plus modeste que jamais. Je m'adresse à vous ; ah ! cruelle Clorinde, ne sçaurai-je point si ma présence vous plaît, ou vous importune ? Je cherche les occasions de vous voir ; mais ce n'est qu'en tremblant que je me présente devant vous. Hélas ! daignez me rassurer ; dites-moi que vous me permettez quelque assiduité ; dites-moi, je vous en conjure, que mes visites ne vous offenseront point. Sentez-vous qu'après tant de soumission & de tendresse vous auriez bien de la peine à me refuser une permission aussi innocente, & que l'ame voudroit en vain s'y opposer ?

CLORINDE.

Je sens. . . . . je sens qu'une autre auroit quelque peine.

ASTOLPHE.

Ah ! vous me permettriez de vous voir ! Ma joye ne pourroit alors s'exprimer. Rien ne seroit plus vif, plus gai, plus empressé que je le serois. S'agiroit-il d'une fête, d'un spectacle ? S'agiroit-il de vous rendre un service important, ou à ceux qui vous appartiennent ? Tout cela s'exécuteroit en un moment. Assurément, mes soins, ma constance, mon respect, vous toucheroient ; vous penseriez que vous n'auriez point de meilleur

ami que moi. Vous diriez, en songeant à moi ;
» Je possede son cœur tout entier ; hélas ! ne doit-
» il pas compter sur le mien ? Il me parle de ma-
» riage, à la vérité ; cela est gênant ; il est diffi-
» cile de s'y résoudre : mais deux amis ne se doi-
» vent-ils pas tout réciproquement ? Et puisque
» le mariage est ce qu'il peut attendre de moi,
» ne seroit-ce pas manquer à l'amitié que de m'é-
» loigner de ce que je puis honnêtement faire
» pour lui ? » *Vivement.* Après que vous auriez ré-
fléchi de la sorte, je me présenterois devant
vous ; vous me permettriez d'espérer.

GLORINDE.

Vous allez, ce me semble, un peu vîte sur
cet article.

ASTOLPHE.

Non, non, Madame ; j'espérerois. C'est alors
que je deviendrois jaloux. Hé ! quoi, Madame,
vous dirois-je, quel est cet homme qui étoit
hier chez vous ? Si je ne me trompe, il vous a
a parlé secretement ; vous l'avez regardé avec
plaisir ! Est-il une douleur pareille à la mienne ?
Ah ! cruelle Clorinde, est-ce là le traitement
que j'ai mérité ? Je suis perdu ; je me meurs.

Très-tendrement.

Je voulois vivre pour vous. . . . . Sentez-vous
la gradation ?

CLORINDE.

Hé ! mais. . . . j'examine. . . . Hé ! bien ? . . .
Après ?

ASTOLPHE.

Après ? Vous tâcheriez de me rassurer ; & . . . .
mais pour examiner mieux & sentir par vous-
même, transportez votre imagination au degré

où elle doit être, & dites-moi ce qu'on ne peut
pas se dispenser de dire en pareil cas.

CLORINDE.

Hé! mais.... je dirois.... Vous vous allar-
mez, Monsieur, mal-à-propos.

ASTOLPHE.

Fort bien.

CLORINDE.

Cet homme qui vous inquiéte, ne peut point
prétendre à mon cœur, puisqu'avant lui vous
avez sçû vous en rendre digne.

ASTOLPHE.

Voilà ce que c'est.

CLORINDE.

Je ne vous aurois pas permis d'espérer, si je
n'avois pas eu pour vous des sentimens sinceres.

ASTOLPHE.

On ne peut pas mieux.

CLORINDE.

Je vous distingue des autres hommes; soyez
plus tranquille.

ASTOLPHE.

A merveilles. Je vous interromprois alors; je
prendrois vôtre main respectueusement, mais
vivement pourtant; & je la baiserois cent fois.

Il lui baise la main. Clorinde laissant
baiser sa main, Joconde va écrire.

Nous voilà racommodez, comme vous voyez!
Convenez que dans ce moment vous seriez at-
tendrie ?

CLORINDE.

Oüi; mais ce n'est qu'une fiction.

ASTOLPHE, *posément.*

Il faut avouer, Madame, qu'en examinant

la chofe philofophiquement, il y a une poffi-
bilité naturelle à s'attendrir pour quelqu'un qui
nous aime. Mais ceci ne tire à aucune conféquence à votre égard. Quoique ce foient mes propres
fentimens que j'aye tâché de vous exprimer, je
fçais ce que je dois penfer ; & je me retire fans
aucune efpérance.

SCENE VII.

CLORINDE, MATASIO.

CLORINDE.

JE refte interdite. A peine m'a-t-il donné le
tems de lui répondre. Mille idées confufes.....
Mais, Monfieur, je penfe à une chofe : nous ne
leur avons pas rendu la Bague & la Tabatiere. Il
faut les leur reporter au plus vîte, & courir après
eux.

MATASIO.

Les reporter ? Ma foi, je crois que vous ferez
bien d'oublier tout cela.

CLORINDE.

Que dites-vous ? Je ne pourrois accepter de
pareilles chofes que dans le cas où j'écouterois
des propofitions de mariage ; & c'eft ce qui affurément ne me convient pas. Ainfi, Monfieur,
reportez-les promptement.

MATASIO.

Il n'a cependant pas trop mal défendu fa
thèfe.

CLORINDE.

Qu'en voulez-vous conclure ?

MATASIO.

Que sçais-je ?

CLORINDE, *soupirant*.

Croyez-vous que dans ses discours il soit sincere ?

MATASIO.

Si dans ses promesses il l'étoit, cela mériteroit attention.

CLORINDE.

Il faudroit donc, en ce cas, lui dire de ma part que je trouve ses façons de raisonner assez justes.

MATASIO.

Je vais bientôt voir quel homme ce peut être. S'il entre avec moi dans de certaines explications, vous pouvez compter que c'est une affaire sur laquelle vous ne devez pas balancer un moment.

SCENE VIII.

CLORINDE, *seule*.

CE que décide un homme aussi intégre & aussi éclairé que Monsieur Matasio, est une loi pour moi. D'ailleurs, il faut en convenir, l'hommage de cet inconnu ne m'a point déplû; & je suis convaincue avec plaisir qu'il n'est pas possible à la morale d'étouffer un penchant trop naturel.

SCENE IX.

CLORINDE, MARCELLE, SUSON.

*Entrant d'un côté Entrant de
du Théâtre, en l'autre côté,
rêvant. en rêvant aussi.*

MARCELLE.

L'Heure se passe, & je n'entends point parler
de lui?

SUSON.

Qu'est-il devenu? Est-ce donc qu'il voudroit
attendre encore quelques jours?

CLORINDE.

Venez, mes sœurs, venez. J'adopte un sys-
tême que vous m'avez vûe long-tems combattre.
Je vais me marier. Oüi, j'épouse un homme versé dans la Philosophie.

MARCELLE.

Vous nous surprenez agréablement, ma sœur.
Quel est donc cet homme versé dans la Philosophie?

CLORINDE.

Un de ces nouveaux Hôtes que vous avez pû
voir ici.

MARCELLE.

Un de ces nouveaux Hôtes? Je puis donc vous
dire librement, ma sœur, que si l'un vous épouse, l'autre doit aussi me demander en mariage.

SUSON.

L'autre ? Tout beau, s'il vous plaît. Il y en a un qui doit sûrement aller trouver ma mere pour moi.

MARCELLE.

Que veut donc dire Suson ?

SUSON.

Eh Dame! Il faut bien que vous, ma sœur Marcelle, ou vous, ma sœur Clorinde, vous vous trompiez. Ils ne sont que deux ; & nous sommes trois. Le compte comme cela ne peut pas y être.

MARCELLE.

Tu rêves, ma pauvre enfant.

CLORINDE.

On s'est moqué d'elle.

SUSON.

Oh! pour cela non. Il m'a bien promis de me tenir parole.

MARCELLE.

Ah! ah! quel est donc ce gros Livre que j'apperçois sur cette table ?

CLORINDE.

Un Livre de Philosophie, sans doute, que mon futur Epoux aura laissé là.

MARCELLE.

Je serai bien aise de voir ce que c'est que la Philosophie. Ah! ah! *Lisant.* » Journal de nos » Conquêtes amoureuses, où se trouve la liste » des femmes que nous avons trompées. »

SUSON.

Comment ?

CLORINDE.

Qu'est-ce que cela signifie ?

MARCELLE, *riant.*

Voilà, pour des Marchands, un Livre assez singulier!

CLORINDE.

Voyons donc. *Lisant.* » Le cinq Mai, sur les
» frontieres de France, une Belle, qui depuis
» deux ans résistoit aux jolies phrases d'un Ab-
» bé, & aux insultes élégantes d'un Petit-Maître
» de Robe, avoua, vers les six heures du soir,
» qu'elle n'étoit point insensible.

MARCELLE, *lisant.*

» Le lendemain, une Blonde mourante, dont
» la froideur désespéroit les plus hardis, sentit le
» trouble s'emparer de son cœur, sans qu'elle
» sçût comment la chose s'étoit faite.
» Le jour suivant. . . . . Mais jusqu'où cela
» va-t'il donc?

Elle tourne le feuillet.

SUSON.

Que veut donc dire ce Journal-là?

MARCELLE.

Que vois-je?

SUSON.

Eh! comment, j'apperçois mon nom?

MARCELLE, *lisant.*

» Le seize, Marcelle fut trompée par de feintes
» larmes.

SUSON, *lisant.*

» Le même jour, Suson fut adoucie en lui pro-
» mettant de la mener à la Cour.

CLORINDE, *lisant.*

» L'austérité de Clorinde fut vaincuë, moyen-
» nant mille ducats promis à Monsieur Matasio
» son conseil. »   Moyennant mille ducats!

MARCELLE.

De feintes larmes !

SUSON.

Parce qu'on m'a promis de me mener à la Cour !

Elles s'avancent toutes trois sur le bord du Théâtre.

CLORINDE, *d'un air courroucé.*

Cela est outrageant !

MARCELLE, *d'un air riant.*

Cela est plaisant !

SUSON, *en pleurant.*

Ça est bien ridicule !

> *Elles restent toutes trois un moment sans parler, dans l'attitude que leur fournissent leurs caractéres qui contrastent entr'eux.*

SCENE X.

ASTOLPHE, JOCONDE, CLORINDE, MARCELLE, SUSON.

CLORINDE.

Mais qu'est-ce ? Je crois que les traîtres osent encore reparoître ici ?

MARCELLE.

Il faut avoir main-forte, ma sœur ; je suis d'avis qu'on les fasse arrêter.

SUSON.

SUSON, *montrant Astolphe.*

Voilà juſtement le mien.

ASTOLPHE, *à Joconde.*

Voici donc notre courſe achevée!

ASTOLPHE.

Allons rejoindre les Beautés que nous avions abandonnées, ſi elles ont été ſenſibles à la fleurette, nous avons eu la conſolation de voir qu'elles n'étoient pas les ſeules dans le monde.

CLORINDE.

J'ai par une longue étude appris à modérer ma colere. Mais parlez, perfides; quel a été votre deſſein?

ASTOLPHE.

De vous rendre heureuſes, en nous divertiſ-ſant; de nous venger ſur le ſexe même, de certain outrage que nous croyons en avoir reçû; & de vous faire revenir en même tems de l'indiffé-rence, qu'un Pédant vous inſpiroit par des vûës d'intérêt, & que vous aviez l'art d'inſpirer à vos ſœurs.

CLORINDE.

Et de quel droit?....

ASTOLPHE.

Par un droit que vous ne pourrez me conteſter quand vous me connoîtrez......Vous avez cha-cune un Amant, qui, entre pluſieurs autres, ſe ſont diſtingués; par leur perſévérance. Couron-nez leurs feux; je vous y engage, & ſi ce n'eſt aſſez, je vous l'ordonne. Reconnoiſſez le Roi de Lombardie.

CLORINDE.

Sire......

C

MARCELLE.

J'ai peine à croire ce que j'entends.

SUSON, *à part.*

Lui, Roi ? J'aurois bien mieux aimé qu'il n'eût
été que Marchand.

JOCONDE.

Convenez que c'eût été un meurtre que de
vous condamner toutes trois à un auſtere céli-
bat.

ASTOLPHE.

Je compte que vous me ſçaurez gré de vous
avoir fait abandonner une auſſi triſte réſolution.
Vos Amans ſeront enchantez de trouver en vous
de nouveaux ſentimens. Nous le ſommes, nous,
d'avoir rempli le projet que nous avions en tête.
Ainſi je n'enviſage ici de tous côtés que des ſu-
jets de joye. Prenez donc part de bonne grace
à un divertiſſement que vos Amans ont fait pré-
parer.

MARCELLE.

Ce n'eſt pas le plus mauvais parti que nous
puiſſions ſuivre.

SUSON, *à Clorinde.*

Vous voudrez donc bien à préſent, ma ſœur,
que le Fils du Juge m'épouſe ?

CLORINDE.

Le Roi l'ordonne.

ASTOLPHE.

Oüi, je le veux ainſi.

SUSON, *faiſant la révérence à Aſtolphe.*

Je vous remercie, Monſieur.

ASTOLPHE.

Cet ordre regarde auſſi & Clorinde & Marcelle.

CLORINDE.

Il ne me reſte qu'une choſe à dire. Nous ſommes femmes, Sire, & vous nous avez trompées !

JOCONDE.

Ah ! conſolez-vous ; croyez-moi, & ne ſon-
geons qu'à nous divertir.

F I N.

APPROBATION.

J'Ai lû, par l'ordre de Monſeigneur le Chancelier , une Comédie qui a pour titre : *Joconde* ; & je crois que l'on peut en permettre
l'impreſſion. Ce 20 Mars 1741.

Signé, CREBILLON.

PRIVILEGE DU ROI.

LOUIS, PAR LA GRACE DE DIEU, ROI DE FRANCE
ET DE NAVARRE, à nos amés & féaux Conſeillers les Gens
tenans nos Cours de Parlement, Maîtres des Requêtes ordinaires de notre Hôtel, Grand-Conſeil, Prevôt de Paris, Baillifs , Sénéchaux, leurs
Lieutenans Civils & autres nos Juſticiers qu'il appartiendra. SALUT.
Notre bien amé LAURENT-FRANÇOIS PRAULT , fils, Libraire, à Paris,
Nous ayant fait ſupplier de lui accorder nos Lettres de Permiſſion pour
l'impreſſion de *Joconde*, Comédie : *Deucalion & Pyrrha*, Comédie en
un Acte, par le Sieur DE SAINTE-FOY ; offrant pour cet effet de les faire
imprimer en bon papier & beaux caractères, ſuivant la feuille imprimée
& attachée pour modéle ſous le contreſcel des Préſentes ; Nous lui avons
permis & permettons par ces Préſentes de faire imprimer leſdits Livres
ci-deſſus ſpécifiés, en un ou pluſieurs Volumes, conjointement ou ſé-
parément, & autant de fois que bon lui ſemblera, & de les vendre,
faire vendre & débiter par tout notre Roïaume, pendant le tems de *trois
années* conſécutives, à compter du jour de la date deſdites Préſentes. Faiſons défenſes à tous Libraires, Imprimeurs & autres perſonnes de quelque qualité & condition qu'elles ſoient, d'en introduire d'impreſſion
étrangere dans aucun lieu de notre obéïſſance ; à la charge que ces Préſentes ſeront enregiſtrées tout au long ſur le Regiſtre de la Communauté des Libraires & Imprimeurs de Paris, dans trois mois de la date
d'icelles : Que l'Impreſſion de ces Livres ſera faite dans notre Roïaume
& non ailleurs, & que l'Impétrant ſe conformera en tout aux Réglemens

de la Librairie, & notamment à celui du dix Avril 1725. & qu'avant que de les expofer en vente, les Manufcrits ou Imprimés qui auront fervi de copie à l'impreffion defdits Livres, feront remis dans le même état où les Approbations y auront été données, ès mains de notre très-cher & féal Chevalier le Sieur d'Agueffeau, Chancelier de France, Commandeur de nos Ordres, & qu'il en fera enfuite remis deux Exemplaires de chacun dans notre Bibliothéque publique, un dans celle de notre Château du Louvre, & un dans celle de notredit très-cher & féal Chevalier le Sieur d'Agueffeau, Chancelier de France, Commandeur de nos Ordres; le tout à peine de nullité des Préfentes; du contenu defquelles vous mandons & enjoignons de faire joüir l'Expofant ou fes aïans caufe, pleinement & paifiblement, fans fouffrir qu'il leur foit fait aucun trouble ou empêchement. Voulons que la Copie defdites préfentes, qui fera imprimée tout au long au commencement ou à la fin defdits Livres, foi foit ajoutée comme à l'Original : Commandons au premier notre Huiffier ou Sergent, de faire pour l'exécution d'icelles, touts actes requis & néceffaires, fans demander autre permiffion, & nonobftant Clameur de Haro, Chartre Normande, & Lettres à ce contraires : CAR tel eft notre plaifir. Donné à Paris, le trentiéme jour du mois de Mars, l'an de grace mil fept cent quarante-un, & de notre Régne le vingt-fixiéme. Par le Roi en fon Confeil.

Signé, SAINSON.

Regiftré fur le Regiftre dix de la Chambre Roïale des Libraires & Imprimeurs de Paris, N°. 496. fol. 494. conformément aux anciens Réglemens confirmés par celui du 28. Février 1723. A Paris le 8. Mai 1741.

SAUGRAIN, Syndic.

De l'Imprimerie de C. F. SIMON, Fils, 1741.

SILVIE,

TRAGEDIE,

En Profe, en un Acte.

✿✿✿✿✿✿✿✿✿✿✿✿✿✿✿✿✿✿✿✿✿✿✿✿✿✿✿✿

ACTEURS
DU PROLOGUE.

L'AUTEUR.

LE COMMANDEUR.

LA MARQUISE.

LE CHEVALIER.

Mr GROSSET.

SILVIE,

TRAGEDIE,

En Profe, en un Acte.

Le prix eft de vingt-quatre fols.

A PARIS,

Chez P R A U L T Fils, Quay de Conty, vis-à-vis
la defcente du Pont-neuf, à la Charité.

M. DCC. XLII.

Avec Approbation & Privilege du Roi.

PROLOGUE.

SCENE PREMIERE.

LE COMMANDEUR, L'AUTEUR.

LE COMMANDEUR.

E viens de chez vous inutilement, & je me suis rendu de bonne heure ici, comptant vous y trouver. Ma préfence vous embarraffe, fans doute ?

L'AUTEUR.

Monfieur.....

LE COMMANDEUR.

Pourquoi donc avoir donné votre Piéce aux Comédiens, fans me l'avoir dit ?

L'AUTEUR.

J'ai craint que vous ne m'en fifliez un crime.

LE COMMANDEUR.

Je l'euffe fait, fans doute. Hé quoi, ne pouviez-

A

vous tomber par les voyes ordinaires, fans chercher tant de fecours étrangers ? Silvie, Tragédie
Bourgeoife, en un Acte, en Profe ; toutes chofes,
dont une feule eft capable de révolter !

L'AUTEUR.

J'en conviens ; je vous le répete, j'ai craint que
vous ne miffiez obftacle à mon deffein. Cependant,
ce n'eft qu'à caufe des Eloges que vous lui avez
donnez, & de ce ce que vous n'y avez point trouvé cet Héroïque guindé fur le ton de la Tragédie
ordinaire, que je me fuis hazardé à la donner.

LE COMMANDEUR.

Prétendez-vous, parce que je l'ai louée dans le
particulier, m'aller affocier à la honte qui vous en
reviendra en public ?

L'AUTEUR.

N'appréhendez pas cela. D'ailleurs, quelle honte voulez-vous qu'il vous en revienne ?

LE COMMANDEUR.

Ecoutez donc ce qui fe dit. Je viens exprès du
Caffé pour l'entendre. Tous ces petits faifeurs de
Vers font intriguez. Une Tragédie en Profe, di-
fent-ils, quelle entreprife ! On démontre dogmati-
quement qu'une Tragédie, qui n'eft point en Vers,
ne peut être que pitoyable, & digne du fiflet.

L'AUTEUR.

Mais pourquoi cela ?

LE COMMANDEUR.

Eft-ce à moi que vous faites la queftion ?...
Retirez-vous ; voilà le Chevalier que vous connoiffez, avec M. Groffet & la Marquife qui vien-

ñent à nous : vous ne pourriez manquer de vous
déceler.

L'AUTEUR.

Ho non, je vous jure.

LE COMMANDEUR.

Retirez-vous, vous dis-je. Mais non : reftez ;
vous jugerez par vous-même. Cependant gardez-
vous de proférer un feul mot, qui puiffe. . . .

L'AUTEUR.

Ne craignez rien ; vous verrez fi j'entends rail-
lerie.

SCENE II.

LE CHEVALIER, LA MARQUISE, GROSSET, LE COMMANDEUR, L'AUTEUR.

GROSSET.

Bon-jour, Commandeur.

LE COMMANDEUR.

Bon-jour.

LE CHEVALIER.

Ah, ah, Commandeur, tu es curieux des Tra-
gédies en Profe, à-ce que je vois ? La crainte qu'il
n'y en ait pas de feconde reprefentation, t'attire à
la premiere ?

A ij

PROLOGUE.

LE COMMANDEUR.

La singularité du genre m'attire.

LE CHEVALIER.

Es-tu de ceux qui prétendent qu'il fera fortune?

LE COMMANDEUR.

Pourquoi non ?

LE CHEVALIER.

Ah, ah, la réponse est bonne ! Tu plaisantes?

LE COMMANDEUR.

Non, assurément.

LE CHEVALIER.

Comment tu prétendrois? .... Allons, allons, tu te donnes un ridicule...

LE COMMANDEUR.

Cela peut être : mais je ne vois pas sur quoi fondé.

LA MARQUISE.

Mais, Chevalier, c'est vous qui n'y pensez pas. Si elle est bonne en Prose, peut-on faire un crime à l'Auteur de ne l'avoir point faite en vers?

LE CHEVALIER.

Ah! Si elle est bonne, décide la question. Mais Madame me permettra de lui dire, que c'est supposer l'impossible.

LE COMMANDEUR.

Tu as, sans doute, d'excellentes raisons pour le croire.

LE CHEVALIER.

En as-tu jamais vû ?

LE COMMANDEUR.

La conséquence est juste.

PROLOGUE.

LE CHEVALIER.

Sans doute. N'imagines-tu pas que quelques-uns de nos grands Génies ayent voulu courir une pareille carriere ? Quelque miférable Auteur a tenté l'avanture.

GROSSET.

Je vous écoute-là. Je fuis venu fans trop fçavoir ce qu'on jouë. Mais qu'importe ? Je fuis fou de la Tragédie, moy. Qu'eft-ce que c'eft que cette Tragédie en Profe ?

LE COMMANDEUR.

Monfieur, c'eft une Tragédie qui n'eft point en Vers.

GROSSET.

Comment, cela ne rimera point ?

LE COMMANDEUR.

Non.

GROSSET.

Serviteur.

LA MARQUISE.

Pourquoi donc cela, Monfieur ?

GROSSET.

Ah ouy, pourquoi cela ? Vous me jouez de ces tours ! Je reftai l'autre jour par complaifance à votre Profe, puifque Profe y a ; mais vous ne m'y rattraperez plus. Je n'entendis débiter que des fornettes.

LE CHEVALIER.

Monfieur Groffet a raifon.

GROSSET.

Vous diriez de gens qui viennent-là parler tout

A iij

uniment de leurs affaires : cela ne fent rien. Mais
dans le Tragique, vous voyez un Héros s'avancer
gravement du fond du Théatre ; de l'autre côté, une
Princeffe qui pleure. On eft tout d'un coup émû.
Vous entendez qu'il lui adreffe la parole avec poids
& mefure ; & la Princeffe lui répond de même des
chofes, dont je ne me fouviens plus.

LE COMMANDEUR.

Nous y perdrons fans doute, Monfieur Groffet.

GROSSET.

Et puis, viennent ces maximes, ces rêves, ces
beaux traits de morale, ces portraits ; car chaque
chofe a fon tour : & ce qui m'en plaît, c'eft qu'on
fçait à quoi s'en tenir. C'eft prefque toujours de
même. Oh ! vous avez beau dire, votre Profe ne
dit point les chofes comme cela.

LE COMMANDEUR.

Je le crois.

GROSSET.

Oh mais, j'aime fur tout la fin, lorfque paroît
leur Acteur au récit, qui vient apprendre quel eft
celui duquel les affaires ont mal tourné.

LE COMMANDEUR.

C'eft à merveille, Monfieur Groffet. L'on peut
dire que les beaux endroits n'échapent point à la
juftesse de votre difcernement; mais par une fatalité,
dont je ne fuis pas garant, ces beautez qui vous charment ne fe trouvent point dans la Piece dont il s'agit.

LA MARQUISE.

Vous la connoiffez, Monfieur ?

PROLOGUE. 7

L'AUTEUR.

L'Auteur eft de fes amis.

LE CHEVALIER.

Ah, l'Auteur eft de fes amis.

LE COMMANDEUR.

L'Auteur, ami de la nature, regardant le pompeux galimathias tragique, comme un mauvais
moyen pour exprimer les fentimens, a eu foin de
le fuprimer. Les chofes y font nommées par leur
nom. Le matin n'eft point le blond Phœbus qui **va**
fur fon char lumineux fournir fa brillante carriere ;
c'eft tout uniment le matin ; & le foir n'eft pas plus
le même Phœbus qui va repofer dans le fein de Thé-
tis. Il y eft queftion de boire, de manger, d'habits, de meubles. L'arme qui fe trouve fous la main,
fert à la cataftrophe : Enfin c'eft l'interieur d'unc
maifon, dans laquelle des gens, affectez de paffions, peut-être affez vives, s'expriment conformément à leur fituation, ne fe mêlent que de ce
qui les touche ; n'abandonnent point l'interêt principal, pour venir fur le devant du Théatre, débiter des lieux communs de morale, ou des rodo-
montades héroïques. Il a même recommandé aux
Acteurs de ne pas fortir du ton familier.

L'AUTEUR.

Sur cette expofition, je la décide tombée.

LE COMMANDEUR *bas à l'Auteur.*

Vous le meriteriez bien.

GROSSET.

Et moi, de même.

PROLOGUE.

L'AUTEUR.

Cela fera pitoyable.

LE COMMANDEUR.

Pourquoi cela, Monſieur?

L'AUTEUR.

Pourquoi ? N'eût-elle d'autre défaut que de n'ê-tre pas dans nos uſages. Monſieur, nous partons de trop loin au Théatre, pour eſperer d'y ramener les hommes au raiſonnable : Et cette Piece leur paroîtra ridicule, à proportion qu'elle s'écartera du genre qui eſt en poſſeſſion de leur eſtime.

LE COMMANDEUR.

C'eſt avoir trop mauvaiſe opinion des hommes, Monſieur ; & ſi vous connoiſſez le Théatre, vous devez ſçavoir que le vrai n'y paroît jamais en pure perte : le Parterre a de trop bons Juges pour s'y méprendre.

L'AUTEUR.

Perſonne ne porte plus haut que moi le degré d'eſtime qu'on doit faire de ſes déciſions : mais, Monſieur, il y en a bien à qui la nature n'a donné que la préſomption de ſe croire infaillibles, & qui abuſant de l'honneur que leur fait la place, étouf-fent la voix de ceux qui ſeuls devroivent prononcer. Habituez à cette enflure, à cette boufiſſure, qu'on appelle du pompeux, cette ſimplicité avec laquelle vous la peignez, leur paroîtra de la froi-deur ; le naturel, du bas ; & je craindrois bien que les habits, les meubles, n'occaſionnaſſent quelques mauvaiſes plaiſanteries, dont l'Auteur appellera en vain, ſi elle fait rire.

LE CHEVALIER.

Non, non, Monfieur, cet Ouvrage eft un petit
Prodige qui va en impofer, & mettre fur le côté
nos grands Auteurs!

LE COMMANDEUR.

Doucement, Chevalier ; ne vois dans ce que je
dis, que ce que je dis. L'Auteur pourroit avoir évité
les défauts du genre qu'il condamne, & avoir donné
dans tous ceux, dont celui qu'il embraffe, eft fuf-
ceptible. Ainfi tu vois qu'en penfant de cette façon
fur fon Ouvrage, je fuis bien éloigné de le croire
un petit Prodige. Il eft lui-même fi éloigné de le
penfer, (je connois fes fentimens comme les miens)
il préfume fi avantageufement de la fublimité du
Génie de ceux qu'il admire, qu'il eft étonné qu'ils
ayent pû fe refoudre à en affervir la jufteffe fous
le ridicule préjugé de faire parler les gens en Vers.

LE CHEVALIER.

C'eft auffi contre les Vers que tu déclames ?

LE COMMANDEUR.

Oui, & non. Il y a des cas où je les tolere ;
où je les admire, & même où je les approuve.
Mais ce ne fera jamais dans la reprefentation d'une
Scene de la vie humaine, qu'on ne met fous les
yeux que pour faire illufion, & où elle ne fubfifte
qu'à proportion que les chofes font exactement dans
le vrai-femblable. Et quelque chofe y eft-il moins
que de faire parler les gens en Vers ?

LE CHEVALIER,

Mais. . . . .

LE COMMANDEUR.

Permets-moi de te faire une queſtion. Suppoſons pour un moment que ſans qu'on le ſçût, tu fuſſes aſſez proche de la chambre de ton Prince, & qu'à travers quelques ouvertures ignorées, tu fuſſes témoin des actions, & entendiſſes les diſcours de pluſieurs Courtiſans qui conſpiraſſent ſa perte, qu'il vînt parmi eux ſans aucun ſoupçon, que tu viſſes lever le poignard, qu'enfin il fût prêt à périr ; que ſerois-tu ?

LE CHEVALIER.

J'enfoncerois la porte. & me jetterois, l'épée à la main....

LE COMMANDEUR.

A merveille. J'approuve le zéle. Remets-toi à ton poſte. Je t'y replace dans les mêmes circonſ-tances, à cela près ſeulement, qu'en te ſuppoſant d'ailleurs inſtruit des autres uſages, tu ignoraſſes cependant qu'il y eût Tragédie, Vers, &c. Si ces mêmes Conjurez menaçoient ſes jours en termes meſurez, avec ces rimes, ce Phœbus éternel enfin qui regne dans les Vers, &c. que ton Prince arri-vât & ſe mît à diſcuter avec eux ſes interèts dans le même jargon ; que dirois-tu ?

LE CHEVALIER.

Mais je dirois... Hé qu'eſt-ce qui a jamais fait de pareilles queſtions ?

LE COMMANDEUR.

Ce n'eſt pas-la ta réponſe ?

LE CHEVALIER.

Que veux-tu que je te diſe ?

LE COMMANDEUR.

Ton courage & ton zéle ont dicté ta réponse dans le premier cas. Dans le second, sans crainte de passer pour sujet témeraire, ce même zéle te feroit faire des vœux au Ciel pour qu'il fît recouvrer la raison à ton Prince ; car tu dirois ; » Si ce » n'est point une Mascarade, dans laquelle il s'est » engagé, il est fou ; & sa Cour est folle.

LE CHEVALIER.

Tu prétendrois donc que ces Héros parlassent comme nous ? Que ces grands sentimens que nous admirons, fussent rendus en Prose ?

LE COMMANDEUR.

Sans doute.

L'AUTEUR.

Cela ne se peut pas.

GROSSET.

Cela seroit pitoyable.

LA MARQUISE.

Je crois, Messieurs, que cela nous seroit aussi facile qu'à ceux de qui nous croyons les tenir, & qui, je pense, ne les exprimoient point en Vers.

LE COMMANDEUR.

Hélas ! Madame, je ne sçais si pour certaines gens la chose n'est point douteuse.

L'AUTEUR.

Monsieur, quoi qu'il en soit, jusqu'ici ces Ouvrages que vous blâmez, ne vous ont-ils pas affecté ? Qu'importe que ces plaisirs naissent du préjugé, s'ils operent sur nous les mêmes effets que ceux que pourroit nous offrir la raison ? Les réels sont en ſi petit nombre, & de ſi peu de durée, que nous ne pouvons avoir trop d'obligation à qui nous en a créé d'imaginaires. Travailler à les détruire d'une façon directe, même en réüſſiſſant, eſt une mépriſe; c'eſt joindre au regret de ne les avoir plus, la honte de les avoir chéris. Les hommes veulent qu'on reſpecte leurs préjugez; & les plus habiles n'ont oſé hazarder de nouvelles veritez qu'à proportion qu'ils ont ſçû les preſenter ſous la forme des anciennes erreurs.

Mr GROSSET.

Voilà juſtement ce que j'allois lui dire.

LE COMMANDEUR.

Si quelque choſe me faiſoit préſumer avantageuſement, ſinon de la Piece du moins de l'Auteur, ce ſeroit de ce qu'il a oſé s'écarter des uſages qu'il a cru vicieux, ſans conſerver ces bas ménagemens inſultans pour la raiſon.

LE CHEVALIER.

Ecoute, Commandeur; je ne viens pas à la Comédie pour y diſſerter, mais pour m'y amuſer, en voyant le monde qui s'y trouve: & toi, tu n'y viens que pour juger ſi la Piece eſt bonne, ou mauvaiſe.

LE COMMANDEUR.

Il eſt vrai que cela ne m'eſt pas abſolument auſſi indifferent qu'à toi, parce que le plaiſir que je cherche ici, dépend beaucoup de la beauté de la Piece.

LE CHEVALIER.

Dans ce cas, je crois que tu en auras peu; &

je foutiens qu'une Tragédie Bourgeoife ne peut
être qu'un fujet bis & ignoble.

LA MARQUISE.

Et moi, Meffieurs, je crois qu'au lieu de s'a-
mufer ici à difputer d'une Piece que vous ne connoiffez pas, il vaux mieux aller prendre nos places,
& l'entendre, pour en juger.

LE CHEVALIER.

C'eft bien dit, Madame, je vais avoir l'honneur de vous conduire à votre Loge.

Mr GROSSET.

Je vais avoir celui de vous y fuivre. Nous nous
aiderons reciproquement de nos lumieres.

SCENE III.

LE COMMANDEUR, L'AUTEUR.

LE COMMANDEUR.

VOus voyez, Monfieur, que fi je n'approuve pas votre projet, je le défends du moins.
Eh bien, vous voyez un échantillon du Public;
qu'en dites-vous?

L'AUTEUR.

Que je n'y vois rien de fi effrayant. La Marquife qui a de l'efprit & du jugement, confent à
m'entendre avant de me juger. Le Chevalier eft
un étourdi qui ne penfe point. Et Mr Groffet eft
un fot qui aura le fentiment de fon voifin.

LE COMMANDEUR.

En voici la conféquence ; le fentiment des perfonnes raifonnables ne fait pas grand bruit ; les
étourdis décident fort haut, & les fots les répe-
tent.

D'ailleurs, vous avez pu remarquer que le grand
reproche qu'on vous prépare, eft celui d'avoir
traité un Sujet bas.

L'AUTEUR.

Je vous avoue, Monfieur, que ces termes de
bas & de noble font fort équivoques. Ne peut-on
jamais mettre que des Princes fur la Scene ?

Une Piece Dramatique eft une repréfentation
de la vie ; & fans vouloir interdire la Scene aux
Héros, j'imagine qu'on peut y faire paroître des
Perfonnages, dont la vie ayant un peu plus de
rapport avec celle des Spectateurs, devroient natu-
rellement intereffer davantage. Mais bien loin de
mettre les mœurs des Particuliers fur la Scene tragique, je ne defefpere pas qu'on ne prenne dans
la fuite parmi les gens de qualité, les Perfonnages
Comiques les plus ridicules.

LE COMMANDEUR.

Vous croyez plaifanter ; mais ce feroit prefque
un moyen de réuffir. La jaloufie & la malignité
du Bourgeois en feroient flattées ; les Gens du
Monde trouveroient fort bon qu'on ne fût jamais
occupé que d'eux ; & l'orgueil de chacun lui feroit toujours rejetter fur un de fes amis le ridicule, dont il feroit l'original.

L'AUTEUR.

Enfin, Monfieur, la chofe eft faite, & la Piece
va fe jouer. Si elle eft fiflée, elle l'aura fans doute mérité par d'autres endroits que ceux que
vous m'objectez. Les Perfonnes éclairées blâme-
ront l'Ouvrage, fans condamner le Projet. Quelque Auteur, plus habile que moi, fentira dans fon
Génie des reffources pour réuffir dans un genre
où j'aurai échoué. Le Public lui devra fon plaifir;
mais ce fera à moi qu'il en aura l'obligation. Enfin, quelque foit fon jugement, je ne m'en plain-
drai point, pourvû que je fois entendu. Un Auteur eft ridicule de demander grace; mais il eft en
droit d'exiger d'être écouté.

LE COMMANDEUR.

Allons prendre nos Places, & attendre le fuccès.

Fin du Prologue.

ACTEURS.

DES FRANCS.

DES RONAIS.

SILVIE.

UN LAQUAIS.

SILVIE

SILVIE,

TRAGEDIE,

En Profe, en un Acte.

SCENE PREMIERE.

Le Théatre repréfente l'interieur d'une chambre où l'on ne voit que les murs ; une table fur laquelle eft une lumiere, un pot à l'eau & un pain : un habit d'homme & une mauvaife robbe de femme.

DES FRANCS, *en habit de campagne, fe promenant comme un homme furieux ;* UN LAQUAIS, *portant un miroir.*

DES FRANCS.

E bien, eft-ce fait ?
LE LAQUAIS.
Il n'y refte que très-peu de chofe.

B

DES FRANCS.

Ote exactement tout. Que ne puis-je à mon gré rendre ce lieu affreux, en augmenter l'horreur... *Il rappelle le Laquais.* Ecoute, laisse ce miroir. *Le Laquais s'en va.* Je veux que lui presentant sans cesse son image, la perfide ait horreur de son crime. . . . Oui, la crainte que j'eus hier de pousser trop loin ma vengeance, te sera funeste; c'en seroit fait, tu ne serois plus; mais elle ne seroit point assouvie, je t'apprête des tourmens... Ciel! que ne puis-je te les faire sentir, sans les partager... Non, ils ne seront que pour moi, la perfide les verra d'un œil tranquille. . . . Silvie ne m'aime plus, Silvie ne m'aime plus! Ah sort trop accablant! Moi qui faisois ma joye, mon bonheur, ma vie de l'aimer. . . . Allons, n'y pensons plus. (*au Laquais*) Hé bien? tout est-il fait?

LE LAQUAIS.

Oui, Monsieur.

DES FRANCS.

Dis à Silvie que je l'attends ici.

LE LAQUAIS.

A Madame!

DES FRANCS.

Oui, à Madame...... Attends, avant toute chose, dis là-bas que je défends absolument qu'on laisse entrer qui que ce soit, & que j'ordonne qu'on dise à ceux qui me demanderont, qu'une affaire de la derniere importance m'a fait partir dès le matin avec Silvie pour la Campagne: & surtout, garde-toi bien de parler de ce que tu vois.

LE LAQUAIS.

M. vous connoiffez mon attachement.

DES FRANCS.

Va.

LE LAQUAIS.

Mais, Monfieur, fi M. des Ronais & M. Galoüin viennent, leur dirai-je....

DES FRANCS.

Galoüin ! Que dis-tu ?

LE LAQUAIS.

M. vous n'avez qu'à ordonner ; mais vous fça-
vez que vous défendez fouvent qu'on laiffe entrer qui que ce foit, fans que cet ordre foit jamais pour eux, & comme j'ai déja eu l'honneur de
vous le dire, ils convinrent hier en foupant avec
Madame, qu'ils viendroient ici dès le matin.

DES FRANCS.

Il n'y viendra pas. Retien bien ce que je vais te
dire. L'ordre comprend aujourd'hui tout le monde,
& particulierement des Ronais, c'eft furtout pour
lui que je ne veux pas y être. Entends-tu ?

S C E N E I I.

DES FRANCS, DES RONAIS,
qui entend ces dernieres paroles.

DES RONAIS.

Comment ! C'eſt ſurtout pour moi que vous n'y voulez pas être ? Je vous avoue que j'ai quelque ſujet d'être ſurpris.

DES FRANCS.

M. Excuſez-moi.... ſi vous ſçaviez.... peut-être que....

DES RONAIS.

Si je ſçavois ? Je ne puis rien apprendre. Mon cœur eſt pour vous de façon..... C'eſt ſurtout pour moi que vous n'y voulez pas être ! Je vous le repete, m'a ſurpriſe eſt ſans égale... *des Francs ſe promene comme un homme troublé, ſans lui répondre.* Enfin, Monſieur, j'aurois cru meriter que vous me parlaſſiez.... Ce procedé devient trop outrageant ; mes empreſſemens pour vous me l'attirent, ſans doute ; je vais en inſtruire une perſonne aux reproches de laquelle vous ne ſerez peut-être pas inſenſible, & quand je devrois troubler le repos de Silvie....

DES FRANCS.

C'eſt pour jamais fait entre nous ſi vous y allez.

DES RONAIS.

Et foupçonnez-vous, Monfieur, que cela puiffe être autrement?

DES FRANCS.

Oui, mes fentimens font pour vous tels qu'ils ont toujours été ; mais fi vous fçaviez !... Je vous le dirai un jour,... Je vous le dirai.... Non, ma mort vous l'apprendra. *Il fe laiffe aller dans un fauteuil.*

DES RONAIS.

Hé bien, mon cher ami, qu'avez-vous, vous pleurez?

DES FRANCS.

J'ai honte de paroître en cet état devant vous.

DES RONAIS.

Ah ! Monfieur, ne devroit-ce point être de ce que vous m'en cachez la caufe? Parlez, foupçonnez-vous que je ne fuis plus votre ami?

DES FRANCS *fe leve.*

J'ai tout perdu, & mon fort eft affreux.

DES RONAIS.

Hé bien, mon cher ami, ouvrez-moi votre cœur, ne puis-je apprendre.....

DES FRANCS.

Ecoutez, des Ronais, vous fentez-vous capable de me rendre un fervice?

DES RONAIS.

Eft-ce vous qui me faites cette queftion ! Eft-il quelque chofe que je ne fiffe....

DES FRANCS.

Un moment. Jurez-moi que lorfque je vous aurai

dit le sujet de ma peine, vous me laisserez seul.

DES RONAIS.

Mais....

DES FRANCS.

Point de replique.

DES RONAIS.

Hé bien, je vous le jure.

DES FRANCS.

Souvenez-vous de me tenir parole.

DES RONAIS.

Je vous la tiendrai.

DES FRANCS.

Silvie m'est infidelle.

DES RONAIS.

Silvie !

DES FRANCS.

Oui, Silvie.

DES RONAIS.

Ecoutez, mon ami, je vous fais raisonnable : la passion que je vous connois pour elle, m'est un sûr garant que vous ne l'accusez point sur de legers soupçons ; mais souvent trop d'amour fait que nous prenons.....

DES FRANCS.

Monsieur, me laissez-vous ?

DES RONAIS.

De grace encore un mot. Silvie vous est infidelle, vous avez sans doute de bonnes raisons pour le croire, & je vous crois ; mais ne refusez pas à mon amitié de me les apprendre, je connois Silvie ; peut-être prévenu....

DES FRANCS.

Je l'ai vû.

DES RONAIS.

Vous l'avez vû ?

DES FRANCS.

Quel fupplice ?

DES RONAIS.

Hé bien, mon ami, vous l'avez vû ; mais depuis quand ? Quel eft celui fur lequel tombe vos foupçons ? . . . .

DES FRANCS.

Sur qui tombent mes foupçons ? Grand Dieu !
Je vous dis que je l'ai vû : qu'arrivant cette nuit
de la Campagne, fans être attendu, je l'ai furprife
avec le traître.

DES RONAIS.

Et quel eft-il ?

DES FRANCS.

Galoüin.

DES RONAIS.

Vous êtes-vous parlé ?

DES FRANCS.

J'ai couru pour arracher la vie à ce traître, il
a faifi fon épée ; mais les traîtres font toujours lâches ; quoique je n'euffe que cette arme, il a pris
la fuite. J'ai cherché à lui porter quelques coups ;
mais le malheureux s'eft fauvé prefque nud par
l'efcalier dérobé, qui conduit à la porte de der-
riere de ma maifon, dont il avoit la clef.

DES RONAIS.

Mais vous êtes-vous informé ? Hier nous étions...

DES FRANCS.

J'ai tout appris. Croyez que je n'ai pas oublié de m'informer de toutes les circonstances qui pouvoient agraver mon malheur ; je fai que vous foupâtes tous deux avec ma perfide, que ne comptant pas que je ferois fi-tôt de retour, vous fîtes partie de la venir prendre ce matin pour me furprendre à la Campagne, & qu'enfin impatiente de fatisfaire fes defirs, elle feignit de fuccomber à une envie de dormir, qui vous fit retirer.

DES RONAIS.

Galoüin fortit avec moi.

DES FRANCS.

Et c'eft ce qui prouve leur intelligence. En douterez - vous encore lorfque je vous aurai dit que j'ai trouvé dans les poches de fon habit des brouillons de Lettres, où il lui exagere fa paffion; que fa Femme de Chambre, cette fidelle Confidente que j'ai fçu intimider, m'a avoué ne s'être prêtée à fon intrigue, que fur fes inftances réiterées ; mais ce coup, tout accablant qu'il eft, n'eft rien en comparaifon de ce que vous allez entendre ; je fuis rentré dans l'appartement, j'allois percer le fein de la perfide, j'en frémiffois d'horreur. La perfide affecta de jouir de cette tranquillité que donne le plus profond fommeil : ma rage fut fufpendue par ce qui devoit en hâter l'effet ; cette affurance dans le crime, me la fit juger indigne de ma colere ; je crus ne lui devoir que du mépris, & mon lâche cœur faifit avec avidité ce fentiment qui la déroboit à ma vengeance. Certain de fa tra-

hifon, je lui ai ôté fon Colier, comme un témoin
que j'ai encore imaginé neceſſaire, pour la convaincre que je l'avois ſurprife ; mais j'ai enfin rou-
gi de tant de foibleſſes, ma raiſon a repris le deſ-
ſus, & m'a rendu tout à ma rage, je me ſuis enfin . . . .

DES RONAIS.

Il falloit en croire votre cœur, voilà ſans doute
de grandes apparences contre Silvie ; mais il y a-
là cependant quelque choſe que je ne comprends
pas.

DES FRANCS.

Monſieur, c'en eſt trop. Vous difpoſez-vous à
me tenir parole ?

DES RONAIS,

Non aſſurément.

DES FRANCS.

Non ?

DES RONAIS.

Non. Je craindrois les trop juſtes reproches qu'à
l'avenir votre amitié. . . .

DES FRANCS.

Craignez maintenant ma fureur.

DES RONAIS.

Je m'y expoſe volontiers ; je ne vous laiſſerai
point à vous-même dans l'état où je vous vois. Que
ſignifie cette obſcurité qui regne dans le lieu où je
vous trouve, qu'on n'y voit que les murs ? Ce ſoin
de m'empêcher de voir votre femme ? En auriez-
vous ordonné ? Ah ! mon ami, l'auriez vous
déja punie d'un crime qu'elle n'a peut-être pas

commis ? Quoi qu'il en foit, il faut que je la voye.

DES FRANCS.

Dieu ? qu'eft-ce que j'entends ! Quel interêt fi cher.... Monfieur, ne me forcez pas à vous méconnoître ; vous m'occafionnez des foupçons, peut-être témeraires, mais que votre obftination à refter, n'eft que trop capable de juftifier : retirez-vous, vous dis-je, Silvie m'a trompé.

DES RONAIS.

Allez, injufte ami, peut-être injufte Epoux, je n'ai à me reprocher que la fenfibilité que je donne à votre fort, & d'avoir été fi long-tems abufé par votre amitié feinte : oui, je me retire, ingrat ; croyez que s'il ne m'en reftoit plus pour vous, je fçaurois vous faire repentir de l'indigne façon dont vous la trahiffez. Ah Ciel ! eft-on préparé à ces coups ?

SCENE III.

DES FRANCS *feul*

L'Impoffibilité qu'il trouve à me croire, me prouve-t'elle affez combien mon fort eft affreux ? Ciel ! s'il eût fallu qu'elle fût entrée dans cet intervalle : mais pourquoi la perfide tarde-t'elle tant à venir ? Voilà donc cet inftant fatal que je n'ai reculé que par foibleffe : invente, lâche, cherche fi tu ne trouveras pas encore quelque moyen pour le retarder encore. Non.

SCENE IV.

DES FRANCS, LE LAQUAIS.

DES FRANCS.

Est-ce que tu n'a pas dit à Silvie de venir?

LE LAQUAIS.

Pardonnez-moi, Monſieur, elle va monter ; mais c'eſt qu'on a eu toutes les peines imaginables pour l'éveiller. *Le Laquais s'en va.*

DES FRANCS.

Ne friſſonnes-tu pas de paroître devant moi?... Je vais donc voir Silvie coupable, & de quel cri- me, grand Dieu !... Hé bien, en ſuis-je ſuffiſam- ment convaincu ? Me ſurprendrois-je encore à vou- loir en douter ?

SCENE V.

DES FRANCS, SILVIE *appuyée ſur le bras d'un Laquais.*

SILVIE.

Je ſuis encore ſi aſſoupie, que je me ſoutiens à peine, d'où vient qu'on ne voit pas clair ici ?

S I L V I E;

Elle apperçoit des Francs. Pourquoi donc, puis-que vous êtes arrivé, ne me l'avez-vous pas fait dire ?

DES FRANCS.

J'ai craint... Laissez. *Elle veut l'embrasser, & il la repousse.*

SILVIE,

Vous avez craint ! Hélas ! qu'avez-vous pu craindre ? Mais qu'avez-vous ?

DES FRANCS.

Je ne sçai.

SILVIE,

Vous m'inquietez ; je ne vous vois point comme vous avez coutume d'être.

DES FRANCS.

Cela est vrai, je vous dis, j'ai quelque sujet de chagrin.

SILVIE.

Ce ne sera pas un secret pour ta femme, à moins que ce ne fût contre elle : car tu ne l'aime point, n'est-ce pas ?

DES FRANCS.

Pardonnez-moi.

SILVIE.

Hélas ! avec quelle froideur vous faites cette réponse, je le repete, vous m'inquietez à un point que je ne ne puis vous l'exprimer. Comptez que quelque soit votre chagrin, il ne peut égaler celui que je ressens, si vous continuez à m'en cacher la cause.

DES FRANCS.

Je ne vous la cache point ; mais ce font de ces chofes. . . .

SILVIE.

Quelles qu'elles foient ; mon défir n'eft point in-difcret, (*elle veut lui prendre la main, il la repouffe*) n'ai-je plus ta confiance. . . .

DES FRANCS.

Ah Ciel !

SILVIE.

D'où vient donc cette horreur ? Mais vous me furprenez à chaque inftant ! D'où vient cette al-teration ? Quels regards vous jettez fur moi. Hé mais, dans quel lieu me vois-je, Monfieur , faites ceffer mon embarras.

DES FRANCS.

Donnez-moi votre Bague.

SILVIE.

Laquelle, mon Anneau ?

DES FRANCS.

Toutes les deux.

SILVIE.

Les voilà.

DES FRANCS.

Je voudrois vos boucles.

SILVIE.

Mes boucles ?

DES FRANCS.

Oui.

SILVIE.

Mais pourquoi ?

DES FRANCS.

J'ai mes raisons. Je vous prie.

SILVIE.

Je les tiens de vous, & les voilà.

DES FRANCS.

Vous n'avez pas votre Colier.

SILVIE.

Je crois l'avoir. *Elle porte la main à son col.* Ah! se seroit-il défait.... ou bien....

DES FRANCS.

L'aviez-vous hier quand vous vous couchâtes?

SILVIE.

Je crois qu'oüi. A moins que je ne l'aye laissé...;

DES FRANCS.

Enfin vous ne sçavez ce qu'il est devenu?

SILVIE.

Non.

DES FRANCS.

Cela est bien sûr.

SILVIE.

Comment ! Mais je ne sçais que penser. Quelles sont les questions que vous me faites?

DES FRANCS.

Il est entre mes mains, n'en soyez point en peine. Arrivant cette nuit de la Campagne, je suis allé à votre appartement, & je n'ai pas cru devoir troubler le repos dont vous jouissiez. Je vous ai cependant ôté votre Colier, que j'ai emporté, comme un témoin de mes empressemens, qui ne peut vous laisser soupçonner ma tendresse; le voi-là.... ne reproche-t'il rien.... à la vôtre?

SILVIE.

Que voudriez-vous qu'il lui reprochât ? Mais,
de quel ton ce mot de tendreffe fort-il de votre
bouche ? ... Ah ! ceffez d'allarmer la mienne. Inf-
truifez-moi de ce qui peut caufer. ...

DES FRANCS.

Perfide, crains que je ne le faffe. Ecoute. Ce
lieu fera deformais ton azile. Voilà ta nourriture,
tu mettras cet habit, *il lui montre une mauvaife
robbe de chambre,* ces Bijoux ne font plus faits
pour toi. Tu couperas tes cheveux. Qu'il ne te
refte rien de ce qui fut mes délices, que la vie,
que je te laiffe pour te la voir détefter.

SILVIE.

Ah Ciel ! quel traitement.

DES FRANCS.

Je n'en connois point d'autre pour tes pareilles.
(*il fort.*)

SILVIE.

Ah ! Monfieur, ah ! Des Francs, ah ! *Elle tombe
évanouie.*

SCENE VI.

SILVIE *feule refte quelque tems évanouie,
& revenue à elle-même, elle dit.*

ESt-ce mon Epoux qui m'a parlé ? Je fuis perfide. Moi perfide ! & c'eft lui qui me le dit ;
qui peut lui faire foupçonner ma foi : Tu n'as donc

pas fuivi ma vie, tu n'as donc pas connu mon amour, laiffe-t'il quelque place au foupçon ? N'as-tu pas vû Silvie fubir avec contrainte le joug de la Societé, vouloir s'y fouftraire, te reprocher ten-drement les moindres diffipations, qui l'empêchoient de vivre perpetuellement avec toi ? L'aurois-tu oublié ? je m'en fouviens. Dans quel tems ? J'ai-mois donc feule. Non, mon Epoux n'eft point in-jufte, il m'aime ; quelque rapport empoifonné fait qu'il m'accufe, il en gémit. Que je le voye, je fuis juftifiée. . . . . . Il m'a vûë, & il m'a vûë mourante, fans s'intereffer à ma vie. Ah ! des Francs, vous ne m'aimez plus, avez-vous pû foup-çonner Silvie d'un crime, fans l'en avoir convain-cuë ? Pourquoi ne pas l'entendre, ne peut-elle pas vous accufer de barbarie ? . . . Mais dans quel affreux lieu m'a-t'il laiffée ?

S C E N E   V I I.

SILVIE, DES FRANCS.

DES FRANCS.

N E crois pas que le peu de tems qu'il y a que je t'ai quittée, ait pû ralentir ma fureur : ne crois pas que rien ne le puiffe jamais. Elle feule me ramene, & ta préfence l'irrite. Tu ne me re-verrois pas fi je n'étois perfuadé que la mienne aug-mente ton fupplice.. ,

SILVIE.

SILVIE. *Elle se jette à ses pieds.*

Monsieur, connoissez mieux le sujet de ma douleur, entendez votre Epouse....

DES FRANCS.

Mon Epouse.

SILVIE.

Oui, Monsieur, je ne suis pas indigne de ce nom....

DES FRANCS.

Mon Epouse.

SILVIE.

Non, je le repete, vous ne m'en trouverez pas indigne, si vous voulez m'écouter.

DES FRANCS.

Levez-vous, levez-vous.

SILVIE.

Monsieur....

DES FRANCS.

Ces démonstrations sont désormais superflues. Levez-vous, ou je sors.

SILVIE.

Hé bien, j'obéis; mais écoutez-moi.

DES FRANCS.

Non, Madame, c'est moi qui vous demande cette grace. Votre douleur me paroît trop vive, il y a sans doute de l'injustice à moi d'en être l'auteur.

SILVIE.

Ah! Monsieur, l'état dans lequel vous me voyez, vous laisse-t'il la liberté de m'insulter?

C

DES FRANCS.

Vous infulter, Madame ?

S I L V I E.

Oui, Monfieur, & j'en fuis plus furprife que de
me voir accufée ; je pourrois bien être criminelle,
mais vous êtes genereux ; feroit-ce pour moi que
vous voudriez ne l'être plus ? Un Juge plaint le
fort de celui qu'il condamne....

DES FRANCS.

C'eft qu'il n'eft pas l'outragé.

S I L V I E.

Hé bien, Monfieur, vous l'êtes. Mon cœur frémit de fe voir foupçonner par vous ; mais quoi qu'il
lui en puiffe coûter, croyez tout ; mais écoutez
moi.

DES FRANCS.

Jouis de la tranquilité qui me refte encore, crois
qu'elle me coûte ; ne cherches point à me la faire
perdre par de vains efforts pour te juftifier : fonges-
y-bien, c'eft la feule chofe qui puiffe ajouter à
ton crime ; je t'écouterois fi j'avois befoin d'en être
perfuadé ; mais rien ne peut ajouter à ce que j'ai
vû.

S I L V I E.

Vous avez vû ! Monfieur, qu'eft-ce que j'entends ? Dites moi que quelques rapports aufquels
vous n'avez pû refufer votre confiance, font que
vous m'accufez : je refpecterai votre erreur ; mais
que dois-je penfer, fi vous dites que vous avez
vû ! Monfieur, ne m'écoutez plus, que je refte à
jamais marquée d'infamie : il m'en coûteroit trop

pour me juſtifier.... Mais, je m'abuſe. Non, il n'arrive point de pareils changemens chez les hommes, vous avez trop de probité pour ſoutenir la feinte, c'en eſt une dans laquelle vous vous êtes engagé. Vous avez craint votre tendreſſe pour moi, ſi je n'avois près de vous que des rapports à détruire ; vous avez crû qu'il étoit neceſſaire de m'intimider par de plus fortes preuves, pour m'arracher l'aveu du crime dont on m'a noircie. C'eſt vous qui vous ſervez de pareils moyens, qui ſoupçonnez mon front d'être capable de ſoutenir l'impoſture. Je ſuccombe, raſſurez votre Epouſe, je ſuis devant vous ſans remords, vous en êtes perſuadé, ſi je n'ai pas perdu votre tendreſſe. Ah ! cela ſeroit-il poſſible ?

DES FRANCS.

Quoi ! tu peux.... *Il jette à ſes pieds l'habit de Galouin.* tiens, réponds.

SILVIE.

Hé bien ! que ſignifie ? Mais quoi, l'habit de Galoüin.

DES FRANCS.

Oui : Commences-tu à le reconnoître ?

SILVIE.

Monſieur, il me paroît que c'eſt celui qu'il portoit hier lorſqu'il ſoupa ici. Mais par quel hazard eſt-il entre vos mains ?

DES FRANCS.

Quelle audace !

SILVIE.

Les circonſtances dans leſquelles vous me le.

montrez, me font. . . . Quoi ! vous imagineriez....
Ah Ciel ! mais quoi, sur de simples soupçons,
vous l'auriez tué. . . ! Ah ! sauvez-vous.

DES FRANCS.

Perfide, à mes yeux, tu tremble pour ses jours ?
. . . . Non, rassure-toi, il vit.

SILVIE.

Ah Dieu ! quelle injustice. Vous croyez que j'aime Galoüin !

DES FRANCS.

Ose-tu tenter à m'en faire douter ?

SILVIE.

Quand vous n'auriez pas mon amour pour garant de ma foi, ne vous souviens-t'il plus combien
de fois je vous ai prié de l'éloigner de vous : que
vous me reprochiez mes procedez pour lui, qui
alloient, disiez-vous, jusqu'à manquer aux égards
les plus indispensables ? Je ne vous en cachois le
motif que par la crainte de vous commettre avec
lui, en vous apprenant ses témeraires entreprises :
enfin je ne le souffre que pour vous obéir.

DES FRANCS.

Hé la perfidie seroit-elle complette si cela n'é-
toit ainsi ? Hé ! que me dis-tu là ? Ces moyens dont
tu pouvois te passer pour trahir un cœur qui se re-
posoit sur le tien. Les crois-tu capables de m'en
imposer aujourd'hui ? qu'ils me feront croire que
cette nuit, je ne t'ai pas surprise avec lui ?

SILVIE.

Vous m'avez surprise cette nuit avec lui ?

DES FRANCS.

Je te l'apprends fans doute ?

SILVIE.

Monfieur, je ne dis plus que ce foit une feinte
dans laquelle vous vous êtes engagé. Je le repete,
je le crois encore ; vous avez trop de probité, vous
ne la poufferiez pas fi loin.... Mais vous m'avez
furprife cette nuit avec Galotin.... Rappellez vos
fens.... quelqu'illufion.... je me meurs. *Elle fe*
laiffe aller dans le fauteuil.

DES FRANCS.

Quoi, perfide, tu as l'audace...... Ho Ciel !
Eft-ce Silvie ? Mais moi-même, convaincu de fa
trahifon, excedé de cette audace, je femble encore en douter.... Ce trait paffe tous les autres :
oui, l'incertitude où tu étois hier fi j'avois furpris
ton crime, fembloit t'autorifer à tenter des moyens
pour me le cacher : mais aujourd'hui, en être convaincue, foutenir cette affurance.... il faut... c'eft
moi qui fuis confondu.

SILVIE.

Ah !

DES FRANCS.

Retours impuiffans. Ah ! n'efpere plus attendrir
un cœur que tu as trahi. Il eût pû te refter un
moyen pour le faire....

SILVIE.

Eh, quel eft-il ?

DES FRANCS.

Un aveu de ton crime : le moindre repentir m'eût
peut-être tout fait oublier.

SILVIE.

Jufte Ciel!

DES FRANCS.

Effrayé du fort que je te prépare, defefperé de n'avoir que des fujets de te punir, il me reftoit l'efpoir de te pardonner; mais tout eft détruit, tu viens de me porter les derniers coups : ma rage eft à fon terme, prépare-toi à fes plus funeftes effets; tu les aurois déja reffentis, fi je n'avois horreur de fouiller ma main de ton fang perfide ; ou bien plûtôt, s'ils ne me ravifToient le cruel plaifir de te perfecuter. Tu ne me connoîtras plus de joye que dans l'execution des moyens les plus barbares pour y réuffir, & de douleur que dans la confiftance de leur infuffifance. Perfide, quand je devrois oublier ton crime, ta fcelerate adreffe à m'étaler maintenant tes charmes, loin de flechir mon cœur, me reproche ma foibleffe, & m'excite à la cruauté. Habituée à me voir tout à ces charmes trompeurs, tu ne t'es abandonnée au crime que fur l'efpoir de les voir triompher de mon reffentiment, n'efpere plus de me voir leur efclaye ; c'eft en vain que tu me les prodigues : non, rien de toi ne me touche plus, je ne t'aime plus, je ne t'ai jamais aimée.

SILVIE.

Ah! Barbare, tu ne m'as jamais aimée.

DES FRANCS.

Moi! je t'aurois aimée, l'objet de ma tendreffe m'auroit trahi, & je ne ferois pas vangé ? Ah! tu ne connois pas la violence des paffions de des Francs...ce fer m'eût,...*il met la main fur fon cou-*

teau de chasse : Mais je commence à sentir quelque joye, le comble de tes trahisons vient de changer mes fureurs en mépris. Que dis-je, je passe jusqu'à l'indifference ; je sens que je suis maître de moi, je ne me reproche plus qu'un couroux qui te faisoit honneur. C'en est fait, *il s'assit*, & me voilà tranquille. *Il se leve.* Ho, très-tranquille. Tu n'imaginois pas que je pusse en venir-là ? & je veux cependant bien encore te l'avouer : ce n'étoit pas sans quelque fondement, car je t'aimois, oui, je t'aimois.

SILVIE.

Vous m'aimiez,

DES FRANCS.

Ho cela est fini.

SILVIE.

Non. Le charme en est trop puissant. Tu m'as aimée ! tu m'aimes encore. Méfie-toi d'une tranquilité qui trahit ta vengeance, rappelle toutes tes fureurs ; mais plûtôt, ne viens-tu pas de les épuiser ? Cruel, tu ne m'as jamais aimée ! Dis-moi que je t'ai trahi, tu le crois ; mais ne dis pas que tu ne m'as jamais aimée. Tu ne le crois pas, tu m'aimes, tu veux que je t'aime encore, tu veux que je te le dise, tu veux même le croire. Ah ! sans cet espoir qui soutient mon cœur... Mais tu mourrois du même coup. *Elle se jette à ses pieds.* Cher Epoux, l'espoir de te desabuser, m'attache seule à la vie. Reconnois si tu peux dans cette assurance le caractere de l'innocence, tu me rendras volontairement ta tendresse ; c'est alors que tu estimeras la

mienne, mon cœur ne te reprochera jamais ces
soupçons. Ah ! ses plus vives expressions puissent-
elles être assez puissantes sur le tien, pour l'arracher au desespoir que te causera le souvenir de
m'avoir injustement outragée.

DES FRANCS.

Ta perte est décidée. . . . Choisis. *Il lui presente*
d'une main une boëte de poison, & de l'autre son
couteau de chasse qu'il a tiré.

SILVIE.

Le plus prompt.

DES FRANCS.

Tu vas perir. . . . . Silvie.

SILVIE.

Tu crois que je vis pour un autre, & semble frémir du coup ?

DES FRANCS.

Tien, épargne m'en l'horreur.

SILVIE.

Ah donne.

DES FRANCS.

Silvie. . . . . Non, s'il te sert, que ce soit pour
percer le cœur d'un desesperé. Hé bien oui, je
t'adore. Triomphe, Barbare, ce n'est point assez
de m'avoir trahie, je vais te donner les moyens de
me méprifer. Porte-moi de nouveaux coups, ne
crains point de me voir le courage de vanger mon
infamie : la violence de mon amour est à toutes
épreuves. Que ce sincere aveu que te fait mon
cœur, ranime la cruauté du tien. Il est encore des
degrez pour sa barbarie. Tu ne m'as pas dit que

tu l'aimes, combien il t'étoit doux de vivre avec lui, que je fuis le monftre qui t'en fepare ; reproche-le-moi comme un crime que tu vas punir. Frappe.

SILVIE.

Cruel ! ces horreurs me glacent le fang. Pourquoi l'épargnes-tu ? Je n'ai jamais aimé que toi.

DES FRANCS.

Tu m'aimes. Hé bien, repete-le , j'aime à te l'entendre dire, tu nourris mes horreurs en rappellant mes délices, tu le lui difois de même. Rendsmoi compte de ces inftans, il te trouvoit belle?

SILVIE.

Donnez-moi la mort par pitié.

DES FRANCS.

Silvie. ... Pourquoi ne me pas percer le fein ? Qui t'arrête ? Affure tes plaifirs. Jouis de cet inftant où je le veux, ma fureur pourroit te méconnoître. ... Mais je vais t'en délivrer, vis contente. Je meurs. *Il veut fe frapper , elle l'arrête.*

SILVIE.

Ah ! cruel , hé bien, mourons tous deux ; mais frappe-moi la premiere.

DES FRANCS.

Retire-toi.

SILVIE.

Non.

SCENE VIII.

ET DERNIERE.

SILVIE, DES FRANCS, DES RONAIS.

DES RONAIS.

AH ! barbare, que vas-tu faire?

SILVIE.
Monſieur, arrêtez-le, il veut ſe poignarder.

DES FRANCS.
Laiſſez-moi.

SILVIE.
Monſieur, vous qui connoiſſez mon amour....

DES RONAIS.
Madame, de grace, mon cher ami.

DES FRANCS.
Hé bien, ami cruel, que veux-tu ?

DES RONAIS.
Rendre le calme à ton eſprit, Silvie n'eſt point coupable.

DES FRANCS.
Silvie n'eſt point....

DES RONAIS.
Non, je te permets cependant d'en douter iuſ qu'à ce que tu m'ayes entendu : mais écoute-moi.

DES FRANCS.

Silvie n'eſt point coupable !

DES RONAIS.

De grace, écoutez-moi. La façon dont je ſuis
ſorti ce matin, n'a rien refroidi de mon zéle. J'ai
couru chez Galoüin. Plaignez ſon ſort, je l'ai
trouvé baigné dans ſon ſang, percé d'un coup que
vous lui avez porté. Des Francs ſoupçonne l'honneur de Silvie, lui ai-je dit. Je meurs, m'a-t'il ré-
pondu d'une voix foible, en me montrant une Lettre
qu'il s'efforçoit d'achever. La voici. » De quelque
» façon qu'ayent vécu les hommes, ils meurent la
» vérité à la bouche. Si mes aſſiduitez euſſent pû
» toucher Silvie, je n'euſſe point eu recours à
» la trahiſon ; la Femme de Chambre de Sil-
» vie, m'avoit livré ſa Maîtreſſe par le moyen d'un
» breuvage qui l'avoit endormie, votre retour m'a
» empêché de conſommer mon crime, & c'eſt la
» ſeule conſolation.... Galoüin n'a pû pourſuivre,
& il eſt mort entre mes bras, avec toutes les mar-
ques du repentir le plus ſincere. J'ai couru vers
vous, pour juſtifier & ſauver de vos fureurs, la plus
reſpectable de toutes les femmes.

DES FRANCS.

Silvie.... Ah ! je ſuis trop coupable. *Il ſe jette
aux pieds de des Ronais.* Cher ami, Dis-lui combien je l'aime.

SILVIE *en l'embraſſant.*

Cher époux, je n'en ai jamais douté.

DES RONAIS.

Levez-vous, mes amis.

SILVIE.

DES FRANCS.

Non. Regarde ce poison, ce fer, l'horreur de ce lieu : ma barbarie avoit tout préparé. . . .

SILVIE.

Il m'est cher, il me rend mon Epoux.

DES RONAIS.

Sortons-en, oublions ce qui s'y est passé. Puis-siez-vous l'un & l'autre ne vous en jamais souvenir.

FIN.

ADAM ET EVE,

O U

LA CHUTE DE L'HOMME,

TRAGEDIE NOUVELLE.

ADAM ET EVE,

TRAGÉDIE NOUVELLE.

Imitée de Milton.

DEDIÉE A L'ACADEMIE FRANÇOISE.

C.N. Cochin filius inv. et Sculp.

A AMSTERDAM,

Chez PIERRE MORTIER, dans le Calveſtraet.

M. DCC. XLII.

A MESSIEURS
DE L'ACADEMIE
FRANÇOISE.

ARBITRES des Talens, du Goût & du Génie,
Qui nous faites du Pinde entendre l'Harmonie,
Et des Savantes Sœurs nous difpenfez les Loix,
Souffrez que jufqu'à vous, j'ofe élever ma voix.
Des Feux que vous lancez, l'éclatante Lumiere
Vint, dès mes premiers ans, deffiller ma Paupiere.
Votre Afpect enflâma mon efprit & mon cœur.
Je feuilletai fans ceffe, & lûs avec ardeur,
Ces Ouvrages vantéz du Midy jufqu'à l'Ourfe :
J'y contemplai le Vrai, je le vis dans fa fource.

L'Aftre brillant, qui peint la Verdure & les Fleurs,
Porte en foi, des objets, les diverfes couleurs :
Telles de vos Ecrits les Clartéz toujours vives,
Renferment des Beantés les graces primitives.
Vous fiftes fur l'Efprit ce qu'il fait fur les Sens ;
Et tout eft redevable à vos Traits raviffans.

Avant qu'un * Phénoméne, ame de la Fortune,
Eût foûmis aux Mortels l'Empire de Neptune,
Leurs Voiles fe bornant à cottoyer fes Bords,
Leur laiffoient ignorer la fource des Tréfors ;

* La Bouffolle.

EPITRE.

C'eſt ainſi qu'autrefois notre timide Audace
Nous retenoit captifs aux confins du Parnaſſe ;
Lorſque, guidant nos pas vers le ſacré Vallon,
Vous nous fiſtes voler au Séjour d'Apollon :
Son Temple eſt parmi nous, vous étes ſes Oracles ;
Sa Lyre dans vos mains enfante des Miracles,
L'Univers les adore ; & moi, foible Mortel,
J'ai ſouvent, en ſecret, encenſé votre Autel.
On veut qu'à plus de gloire aujourd'hui je prétende ,
Que j'honore nos Dieux d'une publique Offrande.

   Ma Muſe d'un Chef-d'œuvre oſa prendre le ton.
Je remets ſous vos yeux le célébre Milton,
L'Aigle de l'Angleterre, à qui ſervant de Guide ,
Saint Maur a fait depuis prendre un vol plus rapide.
Si j'avois, dans mes Vers, imité leurs accens,
Je pourrois vous offrir un légitime Encens :
Je l'ai tenté du moins ; & l'ardeur de vous plaire
Peut faire quelquefois un heureux Téméraire.
Non, non. D'un tel Bonheur je ne puis me flatter.
J'ai ſuivi des Conſeils que j'ai dû reſpecter.
Je voulois dans mon cœur, renfermer mon hommage :
Mais, ſe laiſſer conduire, eſt toujours le plus ſage.

   Ce zéle vif & pur, dont les Dieux ſont épris,
Où les efforts ſont vains, conſerve encor ſon prix.
Ce que nous commençons, leur Puiſſance l'acheve ;
Nous planons dans les Airs, & leur Main nous éleve.
Vous, qui leur reſſemblez, à ces Dieux bienfaiſans,
Raſſurez d'un regard, mon eſprit & mes ſens. . . .
Déjà vous m'exaucez ; & ſur mon ſacrifice,
Je vois de l'Helicon deſcendre un Feu propice :
Si l'Art ne m'échauffa que d'une foible Ardeur,
Au défaut des Talens, c'eſt le tribut du Cœur.

PREFACE.

LA Poësie tire son Origine de la Religion. Née dans son Sein, Elle n'a d'abord
respiré que pour Elle ; ses premiers accens
ont été consacréz à son Auguste Mere, qui
l'a élevée à ce Sublime, & à ces Transports
Divins qu'Elle a seul droit d'inspirer. Il auroit été à souhaiter que cette Céleste Fille
n'eût jamais dérogé à sa Naissance, mais on
peut dire que dans la succession des Temps,
Elle s'est bien mésalliée, & que souvent Elle
a été la plus cruelle Ennemie de Celle qui
lui avoit donné le Jour : Elle en a porté la
peine ; sa Dignité, ses Graces, tout en a
souffert ; & en s'éloignant de la pureté de sa
Source, Elle a contracté des Souillures qui
ont terni toute sa Beauté. Elle peut toutes-
fois recouvrer son premier Eclat. Lorsque
la Poësie est revenuë à la Religion, soit
dans Esther, Athalie, ou dans les Odes
Sacrées, Elle a repris son ancien Lustre,
& est rentrée dans tous ses Droits. On a
essayé dans ce Poëme de resserrer encore
de si beaux Nœuds ; & ce que Milton avoit
fait dans un Genre, on a tenté de l'executer

PREFACE.

dans un autre. Il eſt lui-même l'Auteur de cette Idée : On ſçait que ſon premier deſſein avoit été de mettre en Tragédie le Paradis perdu. Un Génie vaſte, une Imagination vive l'ont entraîné dans l'Epique ; & que de Beautéz ne devons-nous pas à un ſi noble Eſſor ? C'étoit une tentation bien grande que de chercher à faire ſon profit de tant de Richeſſes. Le Sçavant Académicien * qui nous en a mis en poſſeſſion, nous les a encore renduës plus précieuſes : On s'eſt flatté qu'Elles n'éclateroient pas moins dans le Dramatique, ſi on étoit aſſez heureux pour les bien mettre en œuvre, & quoique balancé d'abord par la ſingularité du Sujet, on a crû pouvoir le hazarder, depuis que Milton nous y avoit en quelque façon préparé : Il a ſemblé qu'on en tireroit d'autant plus de fruit qu'il ſeroit préſenté ſous plus de formes, car on ne s'eſt pas borné à le faire briller, s'il étoit poſſible, à l'Eſprit, on a tâché qu'il intereſſât le Cœur, & pût nourrir la Pieté. Ce n'eſt que pour nous toucher davantage, & pénetrer plus avant dans notre ame, que la Religion emprunte quelquefois le langage de la Poëſie.

Il auroit été à ſouhaiter pour le mérite de

* M. *Dupré de Saint Maur.*

ADAM ET EVE,

O U

LA CHUTE DE L'HOMME,

T R A G E D I E.

ACTE PREMIER.

SCENE PREMIERE,

GABRIEL, URIEL, LES ANGES GARDIENS
du Paradis Terreſtre.

URIEL.

RCHANGE Gabriel, choiſi par le Seigneur
Pour conſerver ici la Paix & le Bonheur,
Je ne ſçais quel Eſprit, trop ſuſpect de myſtere,
Du Soleil que j'habite, a traverſé la ſphere ?
Je vole à lui ſoudain : Quelque fût ſon déſir ;
La crainte à mon aſpect a paru le ſaiſir.
Il alloit, m'a-t-il dit, reconnoître lui-même,
Les Ouvrages nouveaux du Créateur ſuprême ;

A

La ſtructure des Cieux , la Terre , l'Homme enfin ;
L'homme qui doit de l'Ange , égaler le deſtin.
Il me quitte ; à ſon air , à ſa démarche leſte ,
Je l'avois crû d'abord un Habitant Céleſte ,
Mais j'ai porté ſur lui , des regards plus perçans ,
Et les ſiens m'ont ſemblé , farouches , menaçans :
Des tranſports inconnus , défiguroient ſon Eſtre ;
Pour un Eſprit impur , j'ai crû le reconnoître.
Tout retraçoit en lui la révolte , l'orgueil ,
Et juſques ſur ces bords , l'ayant ſuivi de l'œil ,
J'ai craint que des Enfers ſa rage clandeſtine ,
N'aportât dans Eden , le trouble & la ruine :
J'en ai frémi ſans doute , & ce cruel Effroi ,
Du Séjour lumineux , m'a conduit juſqu'à toi.

GABRIEL.

Dans le Globe brillant , qui fait ta réſidence ,
Rien ne peut , Uriel , tromper ta vigilance.
Avec la même ardeur , ces zélés Cherubins ,
Veillent ainſi que moi ſur ces ſacrés Jardins.
Ton abord en ces lieux a droit de nous ſurprendre ;
Nous n'avons vû du Ciel , aucun Eſprit deſcendre.
Si quelqu'un , des Enfers ſuivant les Etendarts ,
A franchi toutes fois nos terreſtres Remparts ,
Quel que ſoit l'antre obſcur où ſe cache le Traitre ,
Sous quelque forme enfin , qu'il oſe ici paroître ,
Cette ſainte Cohorte , agiſſant de concert ,
Ayant la fin du jour , me l'aura découvert.
   Milice du Seigneur , redoublez votre zéle ,
Sous ſes divins Drapeaux , ſa gloire vous rapelle :
Allez , répandez-vous comme des Tourbillons ,
Viſitez tour à tour ces ſpacieux Valons.

Quel que foit l'Ennemi ; pour le réduire en poudre,
Songez que vous fervez le Maître de la Foudre.
Environnez fur tout le Berceau favori,
Où repofe à préfent ce Couple fi chéri ;
Ces Enfans du Très-Haut, cette Race promife,
Dont à vos tendres foins la garde fut commife.
Digne emploi ! qui vous fait dans ce charmant féjour,
Partager du Seigneur la Puiffance & l'Amour.

Dormez, heureux Epoux ! & plus heureux encore,
Si contens de ces Biens qu'ici l'on voit éclore,
De leur poffeffion vous connoiffez le prix ;
Et fi de votre fort uniquement épris,
Vous y mettez le fceau par votre obéiffance,
Et confervez toujours votre aimable innocence.

Cet Ennemi de Dieu, cet Archange apoftat,
Dont la Foudre a puni, l'orgueilleux attentat,
Verra d'un œil jaloux, du centre des Tortures,
De ces heureux Epoux les félicités pures :
Il croit, fumant encor des céleftes carreaux,
Que les communiquer, c'eft adoucir fes maux ;
Et peut-être vient-il, dans ces lieux de délices,
De fa rébellion faire d'autres Complices.

L'homme eft ici le maître ; un feul commandement,
A s'abftenir d'un fruit l'oblige feulement.
Jufte foumiffion que fa reconnoiffance,
Doit aux biens qu'il reçoit de la Toute-Puiffance :
Il fçait qu'à ce Decret, par Dieu même dicté,
Eft attaché le cours de fa profpérité :
Il le fçait, mais hélas ! que n'a-t-il point à craindre,
Si l'Efprit tentateur le portoit à l'enfraindre ?
Ses ténebres, Adam, ne t'obfurciront pas ;

Le Soleil de Justice éclairera tes pas.

J'entends du bruit. Adam paroît dans ce Bocage.
Retournez Uriel, dans la céleste Plage,
Il est temps de me joindre aux saintes Légions,
Qui visitent déja ces belles Régions.
Et je vais en suivant votre avis salutaire,
Chercher de la Vertu le perfide adversaire.

SCENE II.

ADAM *seul.*

MA chere Eve est encor dans les bras du Sommeil ;
Messagers de l'Aurore, annoncez son réveil :
Que vos tendres concerts, du sein de la Nature,
Répandent dans son cœur, une Allégresse pure.
Et vous, charmans Ruisseaux, sous ces ombrages frais,
Par votre doux murmure, honorez ses attraits.
Que tout soit en ces lieux une image fidélle,
De la sincere ardeur que je ressens pour elle.

Aimable & digne Objet que le divin Auteur,
A formé de mon Estre, & placé dans mon cœur.
Hélas ! J'ai vû tantôt, contemplant ton visage,
Sur l'éclat de ses lys, passer quelque Nuage.
Dieu ! Quel trouble secret, sur son lit de pavôts,
Auroit pû cette nuit, altérer son repos ?
Allons voir, si du jour la brillante Courriere,
L'aura par ses rayons renduë à la lumiere.
Elle vient : Que de fleurs éclosent sous ses pas !
Astre qui l'éclairez, vous ne l'égalez pas.

SCENE III.

ADAM, EVE.

EVE.

Toi qui ne peux jamais fortir de ma Mémoire,
Modéle de ma vie, & fource de ma gloire,
Adam, que ta préfence, & ces vives clartéz,
Rendent un calme heureux à mes fens agitéz !
Cette nuit (non, jamais, je n'en eus de pareille,)
Une Voix féduifante a frappé mon oreille.
C'eft un fonge, il eft vrai, mais dont les traits menteurs,
Ont noirci mon efprit, des plus fombres vapeurs.
Cette voix, qui d'abord m'avoit paru la tienne,
M'a proferé ces mots, que je redis à peine :
» Tu dors, Eve, tu dors, quand la plus belle Nuit,
» T'invite à partager le Calme qui la fuit.
» L'Aftre qui fait fon cours dans ce vafte hemifphere,
» Joint l'aimable fraîcheur, à fa tendre lumiere.
» Les yeux du Firmament, par une douce loy,
» S'ouvrent pour t'admirer, & s'enflâment pour toi:
» De ces refpects facrés, le filence eft la bafe,
» Et tu tiens devant toi l'Univers en extafe.
» Du feu de tes regards, viens l'embellir encor;
» Hâtons-nous de jouir d'un fi rare tréfor;
» Car fans un fpectateur, vainement la Nature,
» Dévoileroit ainfi fa fuperbe ftructure.
A ces mots je me leve, & crois fuivre ta voix,
Mais fans te r'encontrer, j'erre feule en ces bois,

Et te cherchant toûjours dans l'ombre & le silence,
Je m'aproche en tremblant de l'Arbre de Science ....
Ciel! Qu'il me parut beau! Qu'il flattoit mes esprits!
Lorsqu'un des habitans du céleste Lambris,
(Je le crûs tel du moins) vint s'offrir à ma vûë;
Il contemploit aussi l'Espece défenduë.

Arbre divin, dit-il, arbre mystérieux,
Tu ravirois le Goût comme tu plaîs aux Yeux;
Mais ce n'est pas encor ton plus grand avantage,
La Science, par toi, devient notre partage.
La Science! Hé, pour quoi nous interdiroit-on,
Le flambeau de l'Esprit, l'ame de la Raison?
Défende qui voudra, ce Fruit incomparable,
Je sçaurai profiter d'un bien si désirable.
Et romprai, s'il le faut, un tyrannique frein,
On prétend nous ravir cet arbre souverain,
Il ne fût pas créé, pour rester inutile,
Et le Préjugé seul peut le rendre stérile.

Il dit. Et sur le champ, à mon œil égaré,
D'une furtive Main, il prend le Fruit sacré,
Le mange: Je frémis, & demeure interdite;
Dans mes esprits glacéz coule une horreur subite.
Aussi-tôt il s'écrie: O fruit délicieux!
Fruit, qui nous rend égal au Souverain des Cieux,
Serois-tu défendu, si ta rare Puissance,
Ne nous associoit à la suprême Essence?

Divinité terrestre, Eve, dit-il, alors,
Viens jouir avec moi, des célestes transports:
Si ton bonheur est grand, il peut encor s'accroître,
A l'aide de ce fruit, transforme aussi ton Estre.
Il m'en présente, hélas! J'ose à peine en goûter,

Que tout change à mes yeux, & paroît m'exalter.
Tranſportée à l'inſtant, au-deſſus de la Nuë,
Je vois ſous moi la Terre, & ſa vaſte étenduë.
Les Cieux s'ouvrent enfin. Ce Monde eſt effacé :
Au ſommet de l'Olympe un Trône m'eſt dreſſé.
L'Ange qui me conduit m'inſpire ſon audace,
Je volle ſur ſes pas où la gloire me place.
Comme je contemplois ma nouvelle ſplendeur,
Mon guide a diſparu. Chimerique Grandeur!
Le Trône fuit ſous moi. Je m'élance, troublée;
Et m'éveille, en tombant de la Voûte étoilée.

ADAM.

Chaſte fille du Ciel, compte ſur ſa Bonté;
Ce ſonge ſert d'épreuve, à ta Fidelité.
Pour nous combler de biens, déployant ſa puiſſance,
Dieu ne veut de tribut que notre obéiſſance.
De tant d'Arbres divers, que lui-même a produits,
Dont les rameaux panchéz nous préſentent les fruits,
Il nous en défend un : Ce ſeroit lui déplaire,
Que d'oſer y porter une main témeraire;
Et la Mort exerçant ſon Empire ſur nous,
Du Seigneur offenſé ſerviroit le courroux.
Eſt-ce trop exiger, par cette loi facile,
D'Eſtres, que ſa puiſſance a compoſéz d'Argile?
Et n'eſt-ce pas pour nous une félicité,
De connoître, & pouvoir remplir ſa volonté?
Ne t'afflige donc point, de la coupable atteinte,
Qu'un ſonge peut porter, à l'Ame la plus ſainte,
Et dont l'illuſion ne nous bleſſe jamais,
Quand la Raiſon s'éveille, & repouſſe ſes traits;

A iiij

Eclaircis tes beaux yeux, & que j'y voye encore,
Cette férenité que n'offre point l'Aurore,
Lorſque verſant ſes pleurs ſur la roſe & le thim;
Elle ouvre dans les Cieux les portes du Matin.

EVE.

Ta voix & tes diſcours, comme des traits de flâme,
Pénetrent, cher Adam, juſqu'au fonds de mon ame,
Tu diſſipes mon trouble; & l'Aſtre qui nous luit,
Ne triomphe pas plus, des ombres de la Nuit.
J'ai ſenti près de toi, renaître mon courage.
Je le ſçais, mon Bonheur eſt toûjours ton ouvrage.
  Oui, nous devons à Dieu, par un juſte retour,
Des Cœurs reconnoiſſans, un éternel Amour;
Rendons grace ſans ceſſe à ſa Main liberale :
Ah! ſur tout envers moi ſa Bonté ſe ſignale.
Le favori des Cieux, eſt mon Chef & mon Roi,
Je te poſſede, Adam, quel bien plus grand pour moi!
  Il me ſouvient du jour, où la douce lumiere,
Pour la premiere fois éclairant ma paupiere,
De mes yeux étonnez vint ôter le bandeau,
Ce bocage charmant me ſervoit de berceau.
Je me trouvai d'abord ſur un lit de verdure :
Non loin, entre des fleurs, couloit une onde pure,
Je m'en approche. O Ciel! qu'eſt-ce que j'aperçoi?
Du fonds de ce Canal un objet s'offre à moi;
Je recule, il me fuit; je reviens, il ſe montre,
Mes regards ne ſçauroient éviter ſa rencontre;
Et je ne ſçais quel charme, imprimé tour à tour,
Sembloit nous prévenir d'un mutuel amour.
Un ſouris gracieux, un air de modeſtie,
Serroit encor les nœuds de cette Sympathie.

J'admirois, je l'avouë, un objet si charmant.
Une voix me tira de mon raviſſement.

Ce que tu vois, dit-elle, eſt ta propre Figure.
L'onde te rend tes traits, ton geſte, ta poſture.

Mais quitte une ombre vaine, & viens en d'autres lieux ;
Un Eſtre plus réel, doit attirer tes yeux ;

C'eſt celui dont le Ciel, va faire ton partage,
Et qui dans ta perſonne, a tracé ſon image :

Ses deſirs empreſſéz t'offrent un doux lien,
Qui fera ton bonheur, & comblera le ſien.

Deſtinez l'un à l'autre, unis de corps & d'ame,
Les tranſports qui naîtront d'une ſi belle flâme,

De ta fécondité ſont des gages certains,
Et tu vas devenir la Mere des Humains.

A ces mots, qui pour toi rendoient mon cœur ſenſible,
Je ſens l'impreſſion d'une Main inviſible

Qui dirige mes pas vers ce même Sentier.
Bien-tôt je t'aperçois à l'ombre d'un Palmier.

Un léger tremblement me fait fuir à ta vûë ;
Mais riant en ſecret de ma peur ingénuë,

Tu m'apelles, me ſuis. Arrête, objet charmant,
Ne te refuſe pas à mon empreſſement.

Chere Eve, que crains-tu? C'eſt un autre toi-même.
Tu me dois l'Eſtre, ainſi qu'à la Bonté ſuprème :

Du ſein de ma Subſtance, Elle te mit au jour,
Et nous unit par là d'un éternel amour.

Avec tendreſſe alors ta main ſaiſit la mienne,
Et fixa pour jamais ma démarche incertaine.

ADAM.

Je te rends grace, ô Ciel! de m'avoir accordé
Le ſeul de tes bienfaits, que je t'ai demandé.

Oui, chere Eve, mes vœux ont hâté ta naiſſance;
Et mon ardeur pour toi prévint ton Exiſtence.

Après que le Seigneur m'eut lui-même conduit,
Dans ces lieux où par tout ſa Providence luit,
Quoique ſur l'Univers, ſur tout ce qui reſpire,
J'euſſe reçû de lui le ſouverain Empire:
Je ſentois au milieu de ma Proſpérité,
Qu'un bien manquoit encore à ma Félicité.
J'oſai, devant Celui dont je tiens la lumiere,
Expoſant mes deſirs former cette Priere.

Que tes tréſors, lui dis-je, ouverts en ma faveur,
Achevent de remplir le Vuide de mon cœur.
Dans ce ſéjour divin, grace à tes Mains propices,
Coule pour m'abreuver un Torrent de délices.
Je ſuis du monde entier le Monarque, après toi,
Tout ſuit ma volonté, tout reconnoît ma loi.
Mille animaux ſoumis couvrent cette Campagne,
Mais l'Homme eſt iſolé s'il n'a point de compagne.
Environné de tout je ſuis ſeul en ces lieux,
Seul peut-être ſenſible à tes biens précieux.
Daigne m'aſſocier un Eſtre raiſonnable,
Qui célebre avec moi ta grandeur inéfable.

Le Ciel reçut mes vœux: ſes Dons m'étoient acquis.
Un ſommeil me ſurvint. Dieu veilloit. Tu naquis.
Les Graces avec toi prirent auſſi naiſſance.
Dans tes regards brilloit la modeſte Innocence.
Je te vis. Le Soleil étonna moins mes yeux,
Lorſque je les ouvris à la clarté des Cieux.
Tu m'aprends chaque jour, qu'une divine flâme,
De plus beaux traits encore avoit orné ton ame,
Et que le Créateur ſurpaſſant mes ſouhaits,

Sur fa feule Bonté mefura fes bienfaits.

O Toi! dont nous portons le facré caractere,
Sois toûjours ici bas notre Dieu, notre Pere;
Que jamais tes Enfans n'allument ton courroux,
Jette du haut des Cieux quelques regards fur nous;
Tu les formas, ces Cieux qui racontent ta gloire,
Et qui fur le Néant fignalent ta victoire.
C'eft Toi qui fis l'Aurore, & l'Aftre qui la fuit,
Les feux du Firmament, les flambeaux de la Nuit,
L'Onde, les Animaux, cet Azile champêtre,
Et nous, que de fon fein la Pouffiere a vû naître.
Mais Tu nous fis un Don bien plus cher que le jour,
Tu mis dans notre cœur ta Crainte & ton Amour.
Reçois-en le tribut. Que l'Aube matinale,
T'offre comme un parfum notre Foi conjugale.
Tu nous promets encor de nombreux Defcendans,
De ce vafte Univers fortunés habitans.
Qu'ils apprennent, Seigneur, à marcher fur nos traces,
A t'aimer, te bénir, à publier tes graces,
Et te rendre à jamais l'Hommage folemnel,
Dont il faut réverer ton Empire éternel.

Reprenons, il eft tems, l'agréable culture,
Des Plantes que produit l'Auteur de la Nature;
Doux Labeur, qu'il impofe à notre heureux loifir,
Et qui loin de la Peine, enfante le Plaifir!
Retranchons les rameaux des tiges trop peuplées,
Et moiffonnons les fleurs qui couvrent ces allées.
La Vigne fans appui foupire après l'ormeau,
Entrelaffons leurs bras, formons un nœud fi beau,
L'une, au gré de fes vœux deviendra plus fertile,
L'autre, ornera de fruits fon Feuillage ftérile.

Ces gazons, ces bosquets, dont nous sommes épris,
A nos travaux encore offrent un digne prix.
Allons, chere Eve, allons tous deux d'intelligence,
Accroître les beautés de notre réfidence.

EVE.

Commande, cher Epoux, je ne sçais qu'obéïr,
Ce qui te plaît, ton Eve eut voulu le choisir.
Le Seigneur est ta loi ; je reconnois la tienne :
Mais quoique de Plaisirs tout ici m'entretienne,
Les Astres dont la Nuit a composé sa cour,
Du céleste Flambeau le triomphant retour,
Les fleurs dont à nos yeux la terre se décore,
Le parfum qu'elle exhale au lever de l'aurore,
Des Hôtes de ces bois le ramage enchanteur,
Sans toi, sans ton amour, flatteroient peu mon cœur.

ADAM.

Chere Eve, les transports que tes yeux font paroître,
Sont les mêmes qu'en moi leur éclat a fait naître.

Fin du premier Acte

ACTE II.

SCENE PREMIERE.

SATAN.

STRE majeftueux, Flambeau de l'Univers,
Qui régnes triomphant fur le trône des Airs;
Et diffipes les Feux que la Nuit fait éclore.
Toi, dont l'Eclat étonne, & que mon œil abhorre,
Image du Tyran qui m'a ravi mes Droits;
Splendeur qui me confond, Soleil, entend ma voix.
Un temps fut que j'aurois obfcurci ta lumiere,
Lorfqu'affis dans l'Olympe au-deffus de ta fphere,
Des purs adorateurs du Souverain des Cieux,
J'étois le plus puiffant & le plus radieux;
Je le ferois encor, fi mon Orgueil funefte,
N'eût armé contre moi la colere célefte.
J'ofai braver un Dieu, qui faifoit mon appui,
Le trahir dans fes Dons, les tourner contre lui,
Le combattre; & porter cette fureur extrême,
Jufqu'à lui difputer l'autorité fuprême,
A ce Dieu, qui pour moi toûjours plus libéral,
Me plaça dans un rang qui n'avoit point d'égal:

Devoit-il dans le sein de la Béatitude
S'attendre de ma part à cette ingratitude ?
Funeste souvenir ! Inutiles remords !
Il ne se lassoit point de m'ouvrir ses trésors ;
Il me communiquoit sa grandeur inéfable.
Que dis-je ? Dans ses dons toûjours inépuisable,
Il sembloit ne regner que pour me rendre heureux,
Et n'être Tout-Puissant que pour combler mes vœux.
　Trop fatale Bonté , tu causas ma disgrace !
Moins d'élevation m'eût donné moins d'audace ;
Plus loin du Thrône auguste où s'assied l'Eternel,
Je n'aurois point formé mon complot criminel,
J'aurois sçû respecter cette Gloire immortelle,
Et moins Grand en effet j'eusse été plus Fidéle.
　Vous, célestes Esprits, tout brillans de ses traits,
Qui n'avez point trempé dans mes lâches forfaits ,
Vous l'aimerez toûjours ! Ah ! pour suivre vos traces ,
Ai-je eu moins de faveurs , de liberté, de graces ?
Ou plûtôt ce grand Dieu me prodiguant ses biens,
Ne m'attachoit-il pas, par de plus forts liens ?
Seul, je les ai rompus ; & ce qui me dévore,
C'est qu'il vouloit, hélas ! les resserrer encore.
Mon Trône existeroit si je l'avois souffert ,
Et l'Abîme où je suis par moi seul s'est ouvert.
Malheureux ! De ton Maître implore la clémence ;
Cours par ton repentir apaiser sa vengeance . . . .
Non, non , pour le fléchir, il faudroit m'abaisser,
Et mon Orgüeil jaloux me défend d'y penser.
N'en parlonsplus. Cédons au Destin qui m'accable.
Subissons, sans regret, un couroux implacable :
L'affreuse Eternité m'engloutit tout entier.

Satan n'a plus d'espoir, qu'en son courage altier.
  Oubliai-je déja cette nombreuse Armée,
Que sous mes Etendarts ma Révolte a formée?
Que diroient ces Guerriers, si je pouvois fléchir?
Du joug de l'Eternel je dois les affranchir ;
Ils m'ont donné sur eux un Empire suprême ....
Vous qui me consumez, ô brulant Diadême !
Que j'achete bien cher cet honneur Souverain !
L'Enfer me suit par tout, je le porte en mon sein.
Ah ! si mes Légions ont couronné mon crime,
J'ai pour les commander un droit bien légitime ;
De plus cruels Remords, un Feu plus dévorant,
Beaucoup plus que leur choix m'éleve au premier rang.
  Jouïssons toutes-fois de ce nouvel Empire :
Armons contre un tyran le courroux qui m'inspire ;
Je puis dans l'Univers devenir son égal,
Qu'il soit le Dieu du Bien, & moi le Dieu du Mal.
Ainsi que la Vertu l'on servira le Crime,
Et l'Homme que je hais, 'eviendra ma Victime.
Mais Moloch vient à moi, c'est mon plus ferme apui,
Les Enfers n'offrent point de Héros tels que lui.

SCENE II.

SATAN, MOLOCH.

SATAN.

VOilà donc, cher Moloch, ces Cieux & cette Terre,
  Où nous devons encor défier le Tonnerre :
De notre ambition, inévitable écüeil,
Et qui sans le détruire a puni notre orgeüil,

Implacable vengeur de ſa gloire offenſée,
Quoi! De notre Ennemi, quelle eſt donc la penſée?
Il ſemble qu'à regret faiſant des malheureux,
Il veut, pour compenſer ces châtimens affreux,
Sur des Eſtres nouveaux répandre avec uſure,
Les faveurs que ſur nous, il verſoit ſans meſure:
Non, ſi juſqu'à nos rangs il veut les élever,
S'il les comble de biens, c'eſt pour mieux nous braver.
　Cependant que d'éclat & de magnificence,
Etale dans ces lieux ſa fatale puiſſance!
Je l'avouerai, Moloch, tremblant à leur aſpect,
J'ai frémi malgré moi de crainte & de reſpect;
A ces vils ſentimens ma fureur a fait place.
J'ai ſenti, tout-à-coup, chanceler mon audace,
Et de notre Ennemi l'invincible pouvoir,
De mon cœur un moment, a banni tout Eſpoir:
Accablé ſous le poids de ſa colere extrême,
Etranger dans les lieux qu'il remplit de lui-même,
Ami, j'ai trop connu dans mon tranſport jaloux,
Que ces lieux fortunéz ne ſont plus faits pour nous.
Le nouvel attentat qu'aujourd'hui je médite,
Bien plus que le premier, me tourmente, m'agite.
De l'Eternel ſur moi je vois les châtimens,
Croître, & ſe meſurer ſur ſes Reſſentimens.

M O L O C H.

Qu'entends-je? De Satan eſt-ce là le langage?
Et qu'eſt donc devenu ſon ſuperbe courage?
Après tous les périls, qu'il oſa ſurmonter,
En ſeroit-ils encor qui puſſent l'arrêter?
Songez à ces Guerriers dont les armes funeſtes,
Ont combattu pour vous dans les Plaines céleſtes,

Et

Et qui, d'un Dieu vengeur éprouvant le courroux,
Pour adoucir leur fort, n'ont plus d'efpoir qu'en vous.
  Il me fouvient toujours de cette noble audace,
Peinte fur votre front, après notre difgrace.
Ofez vous rappeller ce vafte Embrafement,
Ce Lac où tant de jours, privé de fentiment,
Par des vagues de feu, jetté fur le rivage,
De vos fens prefqu'éteints vous reprîtes l'ufage.
Tout foumis, tout vaincu que vous étiez alors,
Vous fçûtes étouffer la Crainte & les Remords;
Et l'on croyoit vous voir, d'une main affurée,
Du centre des Enfers, combattre l'Empirée.
Pour braver dans fes mains la foudre d'un Rival,
Compofons, difiez-vous, un Tonnerre infernal :
Amis, notre Tyran peut fuccomber encore;
Exhalons contre lui le feu qui nous dévore,
Et qu'il tremble en voyant tout fon Thrône obfcurci
De ce livide feu, dont il nous brûle ici.
  Oui, fe tracer vers lui quelque nouvelle route,
Efcalader les Cieux . . . . Nous l'euffions fait fans douté,
Si d'un lâche repos honteufement jaloux,
Nos foibles Compagnons, moins courageux que nous,
Préférant l'Efclavage, où leur chûte les livre,
N'euffent, dans ce combat, refufé de nous fuivre.
Je crois les voir encor, ces Efprits terraffez,
Propofer tour-à-tour leurs avis infenfez.
  L'effréné Bélial, que l'Avarice preffe,
Se fait un faux bonheur, d'une vaine Richeffe;
Et l'Or qu'il a trouvé dans le fond des Enfers,
Lui fait prefqu'oublier tout le poids de fes fers.

B

Mammone, de ſes Sens folement idolâtre,
Croit goûter des plaiſirs ſur ce brûlant Théâtre.
Gardons ce que le Ciel ne nous a point ôté :
Exiſtons, nous dit-il, voilà la Volupté.

　　Belſebuth, toutefois, ſublime Intelligence,
Ouvrit un ſentiment digne de ſa prudence :
Par les Décrets des Cieux, il eſt prédit qu'un Jour,
Pour ſignaler encor ſa gloire & ſon amour,
Dieu doit créer un Monde, habité par un Eſtre,
Fait à ſa reſſemblance, & né pour le connoître.
De l'Oracle, dit-il, j'ai ſuputé les tems ;
Et l'Homme, & l'Univers, doivent être exiſtans.
Si vous voulez combattre, à l'abri du Tonnerre,
C'eſt là que déſormais il faut porter la Guerre.
Ennemis du Très-Haut, bravons ce qu'il réſout :
Que, las de nous pourſuivre, il nous trouve par-tout,
Traverſant ſes deſſeins, ſouillant ſes Créatures,
Et faiſant ſuccéder l'Enfer & ſes tortures
A ces céleſtes Dons, à ces Félicitez,
Que ſur l'Homme naiſſant répandent ſes bontez.
Au défaut de la Force employons l'Artifice ;
De notre heureux Rival, faiſons notre Complice.
Quel plaiſir de l'armer contre ſon Créateur,
Et de le rendre ingrat envers ſon Bienfaiƈteur !
Je le vois déjà prêt à punir cet outrage ;
Trop jaloux de ſa gloire, il perdra ſon Ouvrage,
Retirera la Main qui faiſoit ſon appui,
Et ſon propre courroux nous vengera de Lui.
Ce Monde, ajouta-t-il, voiſin de l'Empirée,
Pourroit peut-être un jour, nous en r'ouvrir l'entrée.

C'eſt en ſortant d'ici, que nous romprons nos fers.
L'Eſpérance eſt par-tout , hormis dans les Enfers.

SATAN.

L'Eſpérance ! Moloch. Peut-elle dans notre ame
Joindre ſon feu céleſte à l'infernale flamme ?
Quel lieu n'eſt pas pour nous, un ſéjour plein d'horreur !
Toutefois ton diſcours flatte encor ma fureur.

MOLOCH.

Ainſi ce Chérubin parle , menace , tonne ;
Le Conſeil applaudit , mais l'Entrepriſe étonne,
Comment l'exécuter ? Comment pouvoir ſortir
De l'Abîme où le Sort vient de nous engloutir ?
Des Fleuves embraſéz circulant dans ces Plaines ,
Pour mieux nous captiver, forment autant de chaînes.
Des Murailles de feu , de bitume & de poix ,
De leur vaſte circuit, nous entourent neuf fois ;
Et d'un Airain brûlant les Portes ſont formées ,
Une inviſible Main les tient toujours fermées ;
Qui pourra les ouvrir ? Moi , dites-vous alors.
Ah ! Que du moins ici , tout céde à mes efforts !
Si le Ciel a ſon Roi, l'Enfer a ſon Monarque ,
Et vous le connoîtrez, à cette illuſtre marque.
Je ſçais tous les périls, que je vais affronter ,
Les obſtacles divers, qu'il faudra ſurmonter.
Je ſçais que, franchiſſant cet Abîme de ſouffre ,
L'empire de la Nuit me reçoit dans ſon gouffre ;
Que de l'affreux Cahos les Elémens confus ,
Me préparent encor des dangers imprévûs ;
Et que la route, enfin , qui méne à la Lumiere ,
Laiſſe entr'elle & ces Lieux une immenſe carriere :

Mais je foutiendrois mal & la gloire & l'honneur
D'un Trône revêtu de force & de fplendeur,
Si, lorfqu'à le fervir, l'Etat me follicite,
Le péril m'arrêtoit fur les bords du Cocyte.
Qui porte une Couronne, en doit être l'appui,
Et les Dangers du Rang tombent d'abord fur lui.
Vous dites. Nous partons. Grace à votre courage,
Nous fommes arrivés fur cet heureux Rivage.
Satan pourroit-il bien, après tant de combats,
De peines, de travaux, retourner fur fes pas ?

SATAN.

Non, Moloch, connois mieux ma fureur vengereffe.
Même foin, même ardeur, même défir me preffe ;
Et, quelques foient les tiens, ma haine en conçoit plus,
Par la félicité de ces nouveaux Elûs ;
Compofé merveilleux d'Efprit & de Matiere,
Et de fens épuréz, & de vive lumiere :
La Raifon, la Sageffe éclairent leurs plaifirs,
Et l'amour du Très-Haut enflâme leurs défirs.
Je les ai vûs, Moloch, ces Rois de la Nature ;
C'eft, de ce Dieu fublime, une vive peinture.
Quoique majeftueux, leur regard eft touchant ;
Je fens qu'à les aimer, j'aurois quelque penchant.
Oui, du Ciel azuré les Puiffances bannies,
Retrouveroient en eux leurs graces infinies :
Sur nos Trônes, fans doute, ils régneroient un jour,
Si je ne leur fermois le célefte Séjour.

    Infortunéz, hélas ! dévolus au Tenare,
Vous ignorez les Maux, que ma main vous prépare ;
Des Plaifirs de ces Lieux hâtez-vous de jouir,
Leur terme fera court, ils vont s'évanouir.

Esclaves des Enfers, vous porterez mes chaînes;
A vos félicitéz j'égalerai vos peines.
La Vertu vainement, vous ligue contre moi;
Je sçaurai vous soustraire à la Divine Loi.
C'en est fait. J'ai paru dans ce nouvel Empire;
Le Crime est triomphant, & l'Innocence expire.

As-tu donc pû penser, qu'à souffrir condamné,
Et Spectateur oisif d'un sort si fortuné,
Je visse leur Bonheur, sans conjurer leur Perte?
Non; pour y parvenir, la route m'est ouverte;
J'en ai déja, Moloch, posé les fondemens.
Tandis qu'ils conversoient, sous ces Berceaux charmans;
Leurs discours m'ont appris, que la Toute-Puissance,
Pour s'assurer ici, de leur obéïssance,
D'un Arbre désigné leur interdit le fruit:
Ainsi, sans le vouloir, tous les deux m'ont instruit
Du piége dangereux, que je devois leur tendre;
C'est, en effet par-là, que je veux les surprendre.
J'ai sçû, par le secours d'un songe captieux,
Jetter dans l'esprit d'Eve un désir curieux:
De la Tentation, ce n'est là que le germe;
Il produira son fruit, nous approchons du terme;
Et tu verras bien-tôt, contre ses Ennemis,
Satan exécuter, tout ce qu'il a promis.
Mais quelqu'un vient ici. C'est un Esprit céleste.
Moloch, laisse-moi seul. O rencontre funeste!

SCENE III.

GABRIEL, SATAN.

GABRIEL.

TRaître, te voilà donc ? Hé ! Comment ofes-tu
Paroître dans des lieux qu'habite la Vertu ?
Téméraire ! Pourquoi viens-tu , par ta préfence,
Troubler notre repos , & fouiller l'Innocence ?
Sous ce voile impofteur , où tu t'es retranché ,
Je découvre aifément les traces du Péché.
Crois-tu m'en impofer, par l'horrible mélange
D'un regard ténébreux avec l'éclat d'un Ange ?
Qu'es-tu, pour t'affranchir de ta noire Prifon ?
Parle. Dans les Enfers , quel eft ton rang, ton nom ?

SATAN.

Mon rang ne l'a cédé , qu'à celui de ton Maître ;
Mon éclat , près du tien , le faifoit difparoître.
Nous différons toujours. Je commande, tu fers ;
Tu rampes dans les Cieux , & je régne aux Enfers.
Reconnois donc, Satan, ce terrible Adverfaire ,
Qui fit trembler ton Dieu, jufqu'en fon Sanctuaire.

GABRIEL.

Quoi ! Le Foudre brûlant qui te perça le fein,
A ton impiété, n'a donc point mis de frein ?
Tu blafphémes un Dieu redoutable, invincible,
Aux traits d'un Apoftat toujours inacceffible ;
Un Dieu que , fans fe perdre , on ne peut offenfer,
Tout-puiffant à punir, comme à récompenfer?

Ta gloire & ton opprobre ont bien dû te l'apprendre.
Sois ton maître à préfent.... Ciel! Qui pourroit comprendre
Ce Feu défefpérant, qui t'embrafe en ce Lieu,
Ce Tourment plus cruel, d'avoir perdu ton Dieu?

SATAN.

Ainfi parle un Efclave à fon joug infenfible.
Lâche, qui par foibleffe eft foumis & paifible,
Dont les fers font forgés par la Timidité,
Et qui s'arme toujours contre la Liberté. :
Efprit fouple & rampant, né pour la fervitude,
De Fêtes, de Concerts faifant fa feule Etude;
Aux ordres du Tyran toujours prompt à marcher,
Environnant fon Trône, & n'ofant l'approcher.
Mais tous n'ont pas plié, fous ce dur Efclavage.
J'ai trouvé dans le Ciel, des Dieux pleins de courage,
Qui, fans fe prévenir d'un languiffant Bonheur,
Et plus jaloux cent fois du véritable Honneur,
Ont voulu, puifqu'enfin Chacun fut créé libre,
Entr'eux & ton Monarque, établir l'Equilibre.
J'ai foutenu long-tems un Combat glorieux;
Mon Bras eût décidé la Querelle des Cieux.
Une force imprévûe a trompé mon attente.
Dieu nous couvrit des feux de fa Foudre éclatante.
Sans en être troublé, je vis notre malheur.
Ces redoutables Traits honoroient ma valeur;
Et tu n'as pas du moins le fuperbe avantage
D'avoir, dans ce combat, furpaffé mon courage.
Ton Auteur, à qui feul un tel effort eft dû,
Triomphe; & toutefois Satan n'eft pas vaincu.
Je fuis; j'exifte encore, ainfi que mon Armée;
Et de notre Ennemi, la haine eft confommée.

Ajouter à nos maux ! Sa main ne le pourroit,
Un fupplice plus grand nous anéantiroit ;
Il ne le voudroit pas. Je n'ai plus rien à craindre ;
Et qui peut fe venger , n'eft pas encore à plaindre.

G A B R I E L.

Te venger, malheureux ! De qui ? De l'Eternel !
Hé , que peux-tu , dis-moi , contre ce Dieu du Ciel ?
Oui, tu peux, il eft vrai, multipliant tes crimes,
Te plonger , chaque jour , d'abîmes en abîmes,
Et forcer , malgré lui , ton Juge rigoureux,
D'allumer dans ton gouffre , encor de nouveaux feux,
　　Tu viens déshonorer , fous le nom d'Efclavage,
Ces refpects affidus , ce légitime hommage,
Que nous rendons fans ceffe , au Souverain Seigneur,
Qui fait couler en nous & l'Eftre , & le Bonheur.
Tu blâmes envers lui notre Reconnoiffance,
Et ta Révolte infulte , à notre Obéiffance.
Ah ! Puiffai-je me voir honoré de fon choix,
Quand il voudra dicter fes adorables Loix !
Puiffai-je , tout brûlant d'un zéle falutaire,
Et profterné toujours devant fon Sanctuaire,
Mériter que ce Dieu, qu'on ne peut trop aimer ,
D'une nouvelle ardeur , fe plaife à m'enflâmer !
　　Mais , toi, qu'aveugle ici l'affreufe Ingratitude,
Sçais-tu, Traître , fçais-tu , quelle eft la Servitude ?
C'eft , dans fes noirs complots , de fuivre un Infenfé ;
C'eft , d'un infâme orgueil mortellement bleffé,
De fa rébellion devenir les Complices,
Et mériter ainfi les plus cruels fupplices :
Tel eft le fort des tiens , dans le fond des Enfers ;
Efclaves d'un Efclave , ils partagent tes Fers.

Tu leur as fait changer, pour être Defpotique ;
Les Liens de l'Amour en un joug tyrannique,
Tandis que nous goûtons, pleins de félicité,
Des Enfans du Très-Haut la fainte Liberté.

Jouis de ton Empire, aucun ne te l'envie ;
Ta Couronne jamais ne peut t'être ravie.
Jamais tu ne verras, au mépris de ta Loi,
Tes fideles Sujets, s'élever contre toi.
Régne, tu l'as voulu, ton Sceptre eft ton ouvrage.
Le Tenare eft ton bien ; le Ciel eft mon partage ;
J'y fervirai fans fin cet Arbitre des Tems,
Qui n'a pû mériter tes Vœux ni ton Encens.

Cependant, de ces lieux, fui, fonge à difparoître ;
Ils ne fçauroient fouffrir la préfence d'un Traître.
Réfervant pour les Tiens ton poifon fuborneur,
Garde-toi d'approcher des Elûs du Seigneur :
Par fes ordres, ici, je défends cette Place ;
Et mon bras feroit prompt à punir ton audace.
Songe, que pour borner le cours de tes deffeins,
Cette Trampe divine eft un foudre en mes mains.

SATAN.

Que dis-tu ? Pour Satan, tes menaces font vaines.
Attends, pour me braver, que je porte tes chaînes,
Ange préfomptueux ; crois-tu m'épouvanter ?
Qui n'a pas craint ton Dieu, peut-il te redouter ?

GABRIEL.

Ah! C'eft trop blafphêmer la célefte Puiffance.
Je vais.... Mais quel Efprit s'oppofe à ma Vengeance!

SCENE IV.

RAPHAEL, GABRIEL, SATAN.

RAPHAEL.

Gabriël, arrêtez. Le Seigneur ne veut pas
De ce Rébelle encor, punir les attentats.
Du Dieu que nous servons la Sagesse profonde,
Lui permet quelque tems de parcourir ce Monde.
Et toi, tremble, Satan, au nom de Raphaël;
Ou plûtôt, tremble, ingrat, au nom de l'Eternel.

(*Satan sort.*)

Le Seigneur vers Adam, aujourd'hui me députe,
Pour éclairer son Ame, & prévenir sa chûte;
L'instruire des desseins, de l'Ange séducteur,
Et le rendre fidéle aux Loix du Créateur.
Allons exécuter mon sacré ministere.
Allons; & de Satan perçons l'affreux mystere.

Fin du second Acte.

ACTE III.

SCENE PREMIERE.

RAPHAEL, ADAM.

RAPHAEL.

LAISSONS Eve un moment. Viens, Adam, &
reçois
Les avis du Très-Haut qui parle par ma voix.
Ouvrage de ses Mains, objet de sa Tendresse,
Tu sçais combien pour toi sa Bonté s'intéresse.
Il connoît tes besoins, il prévient tes Desirs,
Et tu trouves ici la source des Plaisirs.
Tant de félicitéz, mais sur-tout l'avantage
D'avoir reçû du Ciel l'Innocence en partage,
Souleve contre toi, contre ta pureté,
Un Ennemi jaloux de ta prospérité.

ADAM.

Interprete Divin, que venez-vous m'apprendre ?
Quel est cet Ennemi, dont je dois me défendre ?
Sous ces sacrés Remparts, qu'ai-je à craindre de lui ?
Le Dieu qui m'a créé, n'est-il pas mon appui ?

RAPHAEL.

Un Ange révolté contre l'Eſtre ſuprême,
Voudroit t'aſſocier à ſon malheur extrême ;
Te ſouiller de ſon crime ; & par un ſort égal,
T'entraîner avec lui dans le Gouffre infernal.
Non, que pour attaquer, Adam, ton innocence,
Il puiſſe, furieux, armer la Violence.
Dieu qui veille ſur toi, ne le permettroit pas.
Mais l'Eſprit ſéducteur doit te tendre un appas,
Plus dangereux encor, que ſi loin de la feinte,
Ses traits à découvert, te portoient une atteinte.
Tu connois le danger. Modere ton effroi.
Combats ; & ſi tu veux, le triomphe eſt à toi.
Le Ciel, n'en doute pas, aidera ton courage ;
Et l'avis qu'il te donne, en eſt un témoignage.
Mais ne voulant jamais bleſſer ta Liberté,
Et ſon Secours laiſſant agir ta Volonté,
Loin des pas de l'Erreur, ſa Vérité te guide ;
Il éclaire ton choix, & ton Ame décide.
Balancer toute choſe, & ſe réſoudre enfin,
C'eſt de l'Humanité l'appanage Divin.
La Raiſon, pour agir, a beſoin d'équilibre.
Tu ceſſerois d'être Homme, en ceſſant d'être libre.
De ton Eſtre, par là, connois la dignité ;
Connois avec ton Dieu cette conformité ;
Et qu'un ſi grand Bienfait imprimé dans ton Ame,
De l'amour du Seigneur te pénétre & t'enflame.

ADAM.

D'un don ſi précieux je connois tout le prix.
Mais qu'ici votre aſpect enchante mes eſprits !

Vos paroles de feu, votre voix douce & vive,
Charment, raviffent plus mon Oreille attentive,
Que lorfque fur ces Monts les Chœurs des Chérubins,
Font de leurs faints Concerts retentir ces Jardins.

Le Ciel m'a créé libre, & fa Toute-Puiffance
Donne ainfi du Mérite à mon Obéiffance :
Je le fçais, je conçois cette infigne faveur,
Et ma Liberté même augmente ma ferveur.
Oui, j'aimerai toujours le Dieu qui m'a fait naître ;
Toujours j'obferverai la Loi d'un fi bon Maître.
Hélas ! Qu'avec tranfport, je repaffe en mon cœur,
Les Préfens que m'a faits, la main du Créateur !
Ils croiffent chaque jour ; &, fans parler du refte,
D'où me vient ce bonheur, qu'un Miniftre Célefte,
Ornement de l'Olympe, & fait pour l'habiter,
S'abaiffe jufqu'à moi, daigne me vifiter,
Et verfer dans mon cœur fa divine Lumiere ?
Zélé pour votre Dieu, fon œuvre vous eft chere.
Rempliffez jufqu'au bout ma curiofité.
Vous me parlez, je crois, d'un Ange révolté.
Jufte Ciel ! Se peut-il qu'une Effence fi pure,
Qui voit dans fon éclat l'Auteur de la Nature,
Qui vit de fon amour, & régne dans fon fein,
De lui défobéir ait formé le deffein ?

RAPHAEL.

Sur le fort de cet Ange, il faut te fatisfaire ;
L'Exemple eft grand pour toi, terrible, falutaire.
Ecoute ; Puiffe-t-il, dans le Jour du Combat,
Te fervir à parer les coups d'un Apoftat !
Au furplus, les Secrets que je te dois aprendre
Par l'humaine Raifon ne fçauroient fe comprendre.

Les céleftes Objets dérobez à tes Sens,
Clairs dans l'Eternité, font voilez pour le Temps.
Mais pour te peindre au moins, les chofes Invifibles,
Je vais te les montrer, fous des Signes fenfibles.

ADAM.

Votre Prudence ainfi pourvoit à mes befoins.
Que ne devrai-je pas, fage Archange, à vos foins !

RAPHAEL.

Ce Monde, cher Adam, n'exiftoit pas encore,
Quand cet Eftre infini, que l'Univers adore,
Appella fes Guerriers pour leur donner fes Loix.
Son innombrable Armée, accourut à fa voix.
Sous ces Chefs radieux, cette Milice fainte
Formoit aux pieds du Trône une brillante Enceinte.
Les Enfeignes flottoient dans le vague des airs,
Et de nos Légions marquoient les rangs divers.
    Alors le Dieu du Ciel, auffi puiffant que jufte,
Entre fes Bras facrez, tenant fon Fils augufte,
A travers fa Splendeur fit entendre ces Mots :
Vous, que j'ai réunis fous mes divins Drapeaux,
Chérubins enflamez, pures Intelligences,
Anges, Principautez, Trônes, Vertus, Puiffances,
Ecoutez mes Décrets. Vous voyez dans mon fein,
Mon Verbe, mon Egal, mon Fils unique enfin. . .
Qui (a) dira de ce Fils l'origine facrée ?
Je L'engendre en ce Jour (b) d'éternelle durée.
Rendez-lui déformais l'Hommage qui m'eft dû ;
De mon Autorité ma Main l'a revêtu.

(a) Generationem ejus quis enarrabit. If.
(b) Filius meus es tu, ego hodie genui te. Pf. 2.

Que les Cieux foient foumis, à fon Pouvoir fuprême,
Je l'ai fait votre Roi ; j'ai juré par moi-même,
Que des Eftres crééz Chacun l'adoreroit ;
Qu'à jamais devant lui tout genou fléchiroit.
Etroitement unis fous fon Sceptre immuable,
Vous jouirez fans fin d'un bonheur ineffable.
S'il ofoit s'élever quelques Séditieux,
Un exil éternel les banniroit des Cieux ;
Et pour les engloutir dans fes flames fécondes,
Le Cahos ouvriroit fes Cavernes profondes.

   Dieu dit. Tout fut foumis ; ou du moins ce grand jour,
Sembloit ne préfenter que Refpect & qu'Amour.

   Mais bien-tôt dans l'Olympe un Archange rébelle,
Satan, car aujourd'hui, c'eft ainfi qu'on l'appelle ;
Le Nom qu'il eut aux Cieux ne fe prononce plus.
Satan, dis-je, autrefois le premier des Elûs,
Au Fils de l'Eternel refufa fon hommage.

   Quoi ! Nous deftine-t-on un nouvel efclavage ?
A notre liberté, quels font ces attentats ?
Pourquoi ce nouveau Maître ? Un ne fuffit-il pas ?
Il a reçû le Sceptre, & l'Onction facrée ;
Ne fommes-nous donc plus, les Rois de l'Empirée ?
Nos Trônes font-ils faits pour tomber à fes pieds ?
Et les Enfans des Cieux pour être humiliez ?
Si nous fommes exempts, des atteintes du Crime,
A-t-on de nous régir, quelque droit légitime ?
Non, non, l'Indépendance eft l'attribut des Dieux.
Le Joug dégraderoit un rang fi glorieux.

   Satan prépare ainfi fa Révolte funefte ;
Se fait des Partifans dans l'Empire Célefte ;

Divife enfin l'Armée, & vers les Aquilons,
Pour s'égaler à Dieu, dreffe fes Pavillons.

ADAM.

Je frémis. O Satan! Quelle fureur t'agite?
Quel orgueil à te perdre, hélas! te follicite?
Au Fils de l'Eternel refufer ton encens!
Que feront contre lui tes efforts impuiffans?
N'eft-il donc pas ton Chef, ton Roi, ton Dieu lui-même?
Et qu'es-tu, malheureux, près de l'Eftre fuprême?

RAPHAEL.

Aux yeux du Tout-Puiffant rien ne peut échaper.
Il vit cette Tempête, & fçut la diffiper.
Mais toujours fa Bonté précéde fa Vengeance.
Ces Ingrats ont encor des droits fur fa Clémence.
Il retient fes Carreaux, déjà prêts à partir;
Et pour donner du moins, le temps au Repentir,
Son Ordre fouverain, fur de rapides aîles,
Nous envoye avant lui combattre les Rebelles.

Dans les Champs azurez on voit de toute part,
Briller entre nos mains le Célefte Etendart.
Chef de nos Légions, Michel à notre tête,
Du Mont de l'Alliance atteint déjà le faîte.
Précédé par la Gloire & l'Immortalité,
Il paroît le Vengeur de la Divinité.
Aux Déferteurs des Cieux, la Guerre eft déclarée.
Déjà fonne à grand bruit la Trompette facrée.
Les Révoltez alors, s'offrent à nos regards.
Par tout nous découvrons leurs Bataillons épars.
Satan qui les conduit, Satan qui les gouverne,
Brille encor des clartez que fon Rang lui décerne.

Hélas!

Hélas ! Pourquoi faut-il qu'Ornement superflus,
L'Image du Très-Haut régne où la Foi n'est plus ?
A la tête des Siens le Rébelle se place ;
Dans ses yeux étincelle & l'orgueil & l'audace ;
Le Blasphéme à la bouche est son cri factieux.
Le nôtre est de chanter, Gloire au Maître des Cieux.
On s'aproche, on se mêle. Une valeur égale,
Entre les deux Partis aussi-tôt se signale.
Te dirai-je les Coups, les Efforts, la Fureur
Qu'on vit naître à la fois dans ce Jour plein d'horreur ;
Le sifflement des dards, le Bruit épouventable
Que rend de tous côtés ce Combat formidable ?
L'Air s'obscurcit de traits. L'Olympe est ébranlé.
Jusqu'en ses fondemens la Terre auroit tremblé,
Si la Terre pour lors eût reçû l'existence.
Mais la Victoire enfin trop long-tems en balance,
Se Déclare, & bien-tôt triomphe la Vertu.
Sous les coups de Michel, Satan est abattu ;
On l'emporte brisé sous sa pesante armure ;
Sa Défaite répand un horrible murmure.
Tout se trouble, tout fuit. Et la voûte des Cieux
Retentit mille fois, de Chants victorieux.

   Mais de Satan bien-tôt la force est rétablie.
Les Anges ont en eux la source de la vie.
Celui qui du Néant voulut bien les tirer,
Le Créateur peut seul, les y faire rentrer.

   Cependant, toujours prêts à braver le Tonnerre,
Les Rebelles vouloient recommencer la Guerre.
Insenséz ! qui croyoient par un nouvel effort,
De l'Empire du Ciel pouvoir changer le sort.

C

Ce grand Dieu, dont la Main balance les deux Poles,
A son Fils auffi-tôt adreffa ces Paroles.

    O toi, dont la Sageffe accomplit mes Deffeins,
Héritier de mon Trône, & fplendeur de mes Saints,
Armé de mes Carreaux, revêtu de ma Gloire,
Va fur tes Ennemis, confommer ta victoire.
Puifqu'ils n'ont pas voulu, rebelles à ma Loi,
Reconnoître en mon Fils leur légitime Roi,
Victimes déformais d'une Rigueur extrême,
Ils le reconnoîtront, pour leur Juge fuprême.

    Le Meffie incliné fur le Sceptre Divin,
De fon Pere à ces mots abandonne le Sein.
Il monte fur fon Char, la Vengeance l'attelle ;
A fes côtés, paroît la Juftice immortelle.
Il part. Un Tourbillon de Foudres & d'Eclairs,
Trace en fillons de feux fa route dans les Airs.
Le Char vole, porté fur l'Aîle de la Gloire,
Il s'arrête en ces Lieux, où regne la Victoire.
Les faints Anges voyant le Fils de l'Eternel,
Chantent, pleins d'allegreffe, un Hymne folemnel.
Le Camp des Apoftats, que fa fplendeur outrage,
Frémit, à fon afpect, de fureur & de rage.
On les voit défiler, loin de leurs Pavillons ;
Ils reprennent leurs rangs, forment leurs Bataillons :
Leur Impiété veut difputer en Perfonne,
Au Fils du Tout-Puiffant, fon Sceptre & fa Couronne.
Le Monarque Divin fe rit de leur fureur,
Prend fes Traits enflamez des mains de la Terreur ;
Et jettant fur fes Saints un regard inéfable :
Fidéles Légions, votre Troupe innombrable

N'a pas befoin, dit-il, d'agir dans ce grand Jour;
Invincibles Guerriers du Célefte Séjour,
Vous avez dignement foutenu fa défenfe;
Demeurez. C'eft à Dieu, qu'apartient la Vengeance.
Il dit. Tu l'aurois vû rempli de Majefté,
Et de l'Aftre des Cieux effaçant la clarté,
Lancer du haut des airs, d'une Main formidable,
Contre fes Ennemis fa Foudre épouvantable.
Les Rebelles tremblans cherchent de toutes parts
Un Abri qui les cache, au feu de fes regards.
Montagnes, s'écrient-ils, qu'ébranlent ces Tempêtes,
Achevez de vous rompre, & tombez fur nos têtes.
Mais rien ne les dérobe, à fon jufte couroux;
Ils veulent fuir en vain, d'inévitables coups.
Leurs rangs tumultueux l'un l'autre fe renverfent;
En éclats redoublés mille Feux les traverfent;
Et par le Défefpoir, plus encor pourfuivis,
Ils touchent aux confins du Célefte Parvis.
Les Cieux s'ouvrent alors, repliéz fur eux-mêmes,
Ils font voir aux Vaincus les Vengeances fuprêmes.
Placéz entre le Gouffre & les Carreaux brûlans,
Une égale Terreur les retient chancelans.
Là, de l'Olympe en feu les Armes foudroyantes,
Ici, du noir Cahos les Flames dévorantes,
Mais ils tombent enfin, dans la Nuit abîméz.
L'Enfer les engloutit. Les Cieux font referméz.
L'Enfer! Séjour d'horreur, de peines & d'allarmes,
Du tardif Repentir, d'infructueufes larmes,
Qu'habitent la Douleur, & les Gémiffemens,
Qui d'un Gouffre fans fond, vomit tous les Tourmens,

Et qui tient à jamais d'une rage affouvie ,
Dans les bras de la Mort , les Enfans de la Vie.

A D A M.

Les Enfans de la Vie ! O Ciel ! Qu'ai-je entendu ?
Terrible châtiment , tu leur étois bien dû.
Oui , quel que foit , Grand Dieu ! l'excès de ta vengeance,
Leur fuplice eft encor , moins grand que leur offenfe.

R A P H A E L.

Tel eft le fort affreux , où par un trifte écueil ,
Echoûront des Pecheurs la révolte & l'orgueil,
Telle fut , cher Adam , la Victoire facrée ,
Qui rétablit la Paix dans le vafte Empyrée.
Le Vainqueur y répand un air doux & ferein.
Ses faintes Légions , les Palmes à la main ,
Le proclament encor l'Héritier de l'Empire ,
Par qui Tout eft conçû , Tout naît , & Tout refpire.
Il s'avance à leur tête , & rentre glorieux
Dans l'augufte Palais du Souverain des Cieux.
Il reprend près de lui , fa Place légitime ,
Affis à fes côtés , fur le Trône fublime ,
Il dépofe à fes Pieds les Traits de fon courroux ;
Rend hommage à fon Pere , & le reçoit de Tous.

A D A M.

Qu'il régne dans le Ciel , & furtout dans mon ame ,
Ce Roi de l'Univers , ce Dieu que je reclame !
Que ne peut mon ardeur réparer en ce jour ,
Tout ce qu'il a perdu , de refpect & d'amour !
De perfides Sujets éprouvent fa Juftice :
Il ne me verra point devenir leur Complice.

Non, par tant de Bienfaits, il a trop cimenté,
Et ma reconnoiffance, & ma fidélité.

RAPHAEL.

Les Anges, ces Efprits, que l'Amour même anime,
Pouvoient fe foutenir dans leur fphere fublime.
Tu vois qu'ils font tombéz. Adam, veille fur toi,
Qu'à tes yeux foient préfens, le Seigneur & fa Loi.
Si jamais à ton Dieu, tu faifois une offenfe,
Garde-toi d'accufer fa fainte Providence.
Que n'a-t-elle point fait, déployant fa Bonté,
Pour te mettre à l'abri de l'Infidélité ?
Falloit-il que toujours, fans combat, fans victoire,
Ton oifive Vertu prétendît à la Gloire ;
Et qu'unique foutien d'une indolente Foi,
Dieu fe chargeant de tout, n'exigeât rien de toi ?
Ou plûtôt falloit-il, que d'erreur incapable,
Et libre, fans pouvoir faire un choix condamnable,
Permanent dans le Bien, inacceffible au Mal,
Dieu, cet Eftre parfait, te créât fon égal ?
Quelle preuve auroit-il de ton Obéiffance,
Si tu la lui rendois fans nulle préférence,
Si ton cœur entraîné, fe foumettoit fans choix,
Ainfi que fans mérite, à fes fuprêmes Loix ?
Ne dis point que contraire à la Bonté Célefte,
La liberté pour toi fut un préfent funefte ;
Ou qu'un Eftre qui peut déplaire à fon Auteur,
Ne dût jamais fortir des mains du Créateur.
Quoiqu'étranger au mal, tu puiffes le commettre,
Dieu qui te faifant libre, a femblé le permettre,
Ne créant que le Bien, en te mettant au jour,
Te devoit à fa Gloire ainfi qu'à fon Amour.

C üj

Eve s'avance à nous, je te laisse avec elle ;
Allume dans son Ame une ferveur nouvelle.
Je vais m'entretenir avec les Chérubins,
Qui président ici, sur tes heureux destins ;
Et je te rejoindrai, sous ce berceau fertile,
Dont tu fais en ces lieux, ton principal Azile.

SCENE II.

ADAM, EVE.

EVE.

CHer Epoux, que ta gloire a de charmes pour moi !
Le Ciel par ses Agens s'entretient avec toi.

ADAM.

Il est vrai. Sa Bonté prend soin de me conduire.
S'il daigne me parler, ce n'est que pour m'instruire.
Par le Ministre saint, qui me quitte à l'instant,
Il nous donne, chere Eve, un avis important.

EVE.

Quel est donc cet avis ?

ADAM.

Notre Dieu me revele
Le crime & les malheurs d'un Archange rebelle.
Sa Bonté m'avertit des Complots ténébreux,
Que forme contre nous cet Esprit dangereux,
Il prétend nous ravir avec notre Innocence,
Les Biens, que nous donna la Céleste Puissance.

EVE.

Hé ! Pouvons-nous, Adam, sous les yeux du Seigneur,
Recevant tout de lui, perdre notre bonheur ?

ADAM.

Oui, fi nous révoltant, à l'exemple d'un Traître,
Nous ceffions d'obéïr à notre Divin Maître.
De ta foumiffion Dieu n'eft pas moins jaloux.
Ce qu'a pû faire un Ange, eft à craindre pour nous,
Et nous n'avons pas plus, de force, de prudence,
Que n'en a dans les Cieux une fi noble Effence.

EVE.

Qui détournera donc cette calamité ?

ADAM.

L'ufage pur & faint de notre Liberté.
Mais viens, Eve, fuis-moi. Raphael doit encore
Vifiter ce Berceau, que fa préfence honore :
Et là, je vais t'inftruire, attendant fon retour,
Des fecrets importans de la Célefte Cour.

Fin du troifiéme Acte.

C iiij

ACTE IV.

SCENE PREMIERE.

SATAN, MOLOCH.

SATAN.

Uɪ, Moloch, nous touchons au fortuné moment
Qui doit faire éclater notre reſſentiment.
Eve, ſans ſon Epoux, dans ces lieux va ſe rendre;
C'eſt de leur bouche encor, que je viens de l'ap-
   prendre.
L'Archange Raphaël remonte dans les Cieux.
Adam, toujours preſſé d'un ſoin laborieux,
Va reprendre plus loin ſes champêtres ouvrages;
Son Epouſe a choiſi les ſiens dans ces Bocages.
 Inviſible à leurs yeux, épiant leurs diſcours:
Conforme à mes ſouhaits, j'en ai ſuivi le cours.
Mais, que dis-je? Témoin du feu qui les enflâme,
Que leurs chaſtes Plaiſirs ont déchiré mon Ame!
Ce ſont des Dieux, Moloch; & je doute, entre nous,
Qu'il ſoit dans l'Empirée un bonheur auſſi doux.

Ah! Détruisons ces Dieux, détruisons leur Domaine.
Que leur Rébellion soit le prix de ma haine.
Le Péché dans ces lieux, introduira la Mort.
La Nature & ses Rois auront le même sort.

MOLOCH.

O généreux Dépit, Haine victorieuse,
Bien dignes en effet d'une Ame impérieuse !
Que vous flattez mes vœux ! Qu'il est beau de vous voir
Respirer la vengeance, & remplir notre espoir !

Monarque redouté des Puissances proscrites,
Courez de votre Empire étendre les limites ;
Celui du Tout-Puissant en sera plus borné :
Ici, du moins ici, vous l'aurez détrôné.

SATAN.

Ah ! Ne crois pas non plus, Moloch, que rien m'arrête.
Je dévore en esprit ma future Conquête :
Pour l'entreprendre, ami, j'ai fait choix du Serpent ;
Du coup que je médite, il sera l'Instrument.
De tous les Animaux, c'est la plus digne Espéce,
C'est en lui que réside & l'Art & la Finesse.
Je prétends qu'avec Eve, il ait un entretien ;
Mon esprit tout entier passera dans le sien ;
Sur l'Arbre que tu vois, je l'ai conduit moi-même ;
Et tout va seconder mon heureux Stratagême.

MOLOCH.

Je sçais (qui mieux que moi, connoît votre Pouvoir ?)
Je sçais qu'instruit de tout, vous pouvez tout prévoir ;
Et que, dans votre main toujours si formidable,
Le plus foible Instrument est le plus redoutable.
Mais, du don précieux d'articuler des mots,
Le Ciel, vous le savez, exclut les Animaux.

Le Serpent va parler. Dans ce nouveau Prodige,
Eve peut à bon droit, foupçonner du preſtige,
Et devoir ſon ſalut, à ſa Timidité.

SATAN.

Ne comptes-tu pour rien, ſa Curioſité?
Ceſſe de te livrer, à de vaines allarmes;
Eve, pour la dompter, me prêtera des armes;
Je l'apperçois. Allons. Moloch, retire-toi;
Tu peux de mon Projet te repoſer ſur moi.

SCENE II.

EVE, SATAN, OU LE SERPENT.

EVE.

Que ces Lieux ſont charmans! Que j'ai d'impatience
D'en embellir encor la ſuperbe Ordonnance!
Le Soleil ſemble ici tempérer ſes ardeurs.
Autour de ces Berceaux, entrelaſſons ces fleurs.
A m'offrir ſon éclat, la Roſe eſt toujours prête;
Cet Aſtre des Jardins, va briller ſur ma Tête:
Aux yeux de mon Epoux, j'en aurai plus d'attraits;
Les Fleurs contribueront à combler mes ſouhaits.

SATAN ou le Serpent.

Hôteſſe de ces Lieux, divine Créature,
Votre Béauté ſuffit, & fait votre parure.

EVE.

Qu'entens-je? Mon Epoux ſeroit-il de retour?
Eſt-ce quelqu'Habitant de la céleſte Cour?
D'où provient cette voix?

TRAGEDIE.

SATAN *ou le Serpent.*

     D'un Objet qui contemple
Du Créateur en vous & l'Image & le Temple.
Qui toujours ébloui de l'éclat de vos yeux,
Belle Eve, près de vous, croit être dans les Cieux.

EVE.

Je ne vois qu'un Serpent agiter ce feuillage.
Quel prodige ! De l'Homme auroit-il le langage ?

SATAN *ou le Serpent.*

Reine de l'Univers, ne vous offensez pas
De ce nouvel Encens qu'allument vos Appas.
Vos Regards, dont le Charme en secret nous attire,
De l'aimable Douceur, nous annoncent l'Empire ;
Pourriez-vous aujourd'hui, les armant contre moi,
Répandre dans mon cœur & la Crainte, & l'Effroi ?
  J'ai regret de ne voir, sur vos pas adorables,
Qu'une sterile cour d'Animaux incapables
De pouvoir discerner, par leurs sens obscurcis,
De vos perfections l'inestimable prix.
Un Homme, un Homme seul en connoît l'avantage ;
Mais serez-vous bornée, à son unique hommage ?
Qu'il me tarde en effet, de voir les Immortels,
Vous élever, Déesse, un Thrône & des Autels,
Vous offrir un tribut de vœux & de louanges ?
Ne méritez-vous pas de commander aux Anges ?

EVE.

Mon esprit se confond. Que vois-je ! Le Serpent
Doüé de la Parole & du Raisonnement !
J'avois crû jusqu'ici, que privéz de Langage,
Les Animaux n'avoient, que l'Instinct en partage. . . . . . .

Tu jouis tout entier du privilége humain.
Dis-moi par qui ? Comment il entra dans ton fein?
Qui te prévient pour moi ? Par quelle connoiffance
Voles-tu fur mes pas ? Chéris-tu ma préfence?
Je n'ofe en croire-ici, mon Efprit & mes Sens.
Ta nouvelle Raifon tient la mienne en fufpens.
Aux effets du Miracle, ajoute l'origine.
Quelle fource a produit cette Flâme Divine ?

SATAN *ou le Serpent.*

Prompt à vous obéir, je vais vous contenter.
Heureux, que fur mon Sort, vous daigniez m'écouter!

Au rang des Animaux me plaça la Nature ;
L'Herbe vile & rampante étoit ma nourriture.
Attaché baffement aux terreftres Objets,
Je fuivois de l'Inftinct, les Sentimens abjets :
Je ne connoiffois rien, que le défir de paître,
Tous mes foins fe bornoient à conferver mon Eftre.

Un jour, dans ces Jardins, errant de toutes parts,
Sur un Arbre élevé je porte mes regards;
J'y vois un Fruit vermeil, dont la forme charmante
Joignoit au coloris, une odeur raviffante.
Jamais un tel Parfum ne s'étoit épanché ;
Et mon œil fur ce Fruit fût long-tems attaché.
Jugeant par fon Eclat, de fa Délicateffe,
Plein d'ardeur auffi-tôt, j'ufe de ma Soupleffe.
J'entoure l'Arbre entier, des replis de mon corps ;
Et, me gliffant toujours au gré de fes refforts,
J'atteins l'heureufe Branche, & le Fruit défirable;
A fa rare Beauté fon Goût étoit femblable :
Mais, qu'il ravit bien plus par fes divins Effets !
Belle Eve, du Seigneur adorons les bienfairs.

Je mange, & tout-à-coup il se fait en moi-même,
Dans mes organes, dis-je, un changement extrême.
Ma tête, jusqu'alors fermée à la Raison,
Vit naître de ses feux le premier Horison.
De l'Instinct ténébreux disparut le nuage,
La Parole aussi-tôt devint mon apanage.
De mon Esprit naissant le vol précipité,
L'éleva jusqu'au sein de la Divinité.
Je connus mon Auteur. La Raison nous révele,
Au moment qu'elle luit, la Sagesse éternelle.
J'ouvris, j'ouvris les yeux sur ce vaste Univers;
Entr'eux je comparai tous les Objets divers.
Mais, long-tems devant moi la Nature en spectacle,
Me cacha son Trésor & son plus grand Miracle.
Enfin, je l'aperçus, ce chef-d'œuvre des Cieux;
Tout céda sur le champ, à l'éclat de ses Yeux.
C'étoit l'Estre parfait; c'étoit la Beauté même,
L'ouvrage favori du Créateur Suprême.
Déesse, c'étoit vous! Voilà de mes respects
Les principes sacréz; vous seroient-ils suspects?
Parlez. Si ma présence, hélas! vous importune,
Je me retire, & vais pleurer mon Infortune.

EVE.

Ton Discours est sensé, mais un peu trop flatteur.
Serpent, je douterois, que cet Arbre enchanteur,
Ainsi que tu le dis, pût donner la Sagesse.
Aucun à me louer, comme toi, ne s'empresse.
C'est assez. Mais enfin, quel est l'Arbre fameux
Qui produisit en toi ce changement heureux!

SATAN *ou le Serpent.*

C'eſt celui dont la cime eſt ſi fort étendue,
Et qui, près de ces lieux, doit frapper votre vûe.

E V E.

Je le vois ; mais en vain tu me l'auras montré.
Garde, garde pour toi cet Arbre révéré ;
Il n'eſt pas fait pour nous : c'eſt le ſeul ſur la Terre
Que nous ait défendu le Maître du Tonnerre.
Nous jouiſſons en paix de ſes autres Préſens :
La Raiſon nous conduit, & commande à nos Sens.

SATAN *ou le Serpent.*

Que dites-vous ? O Ciel ! Pourquoi cette défenſe ?

E V E.

Elle émane, il ſuffit, de la Toute-Puiſſance.
Ce Fruit pernicieux changeroit notre Sort ;
Et, paſſant dans nos mains, nous donneroit la Mort.

SATAN *ou le Serpent.*

Non. Vous ne mourrez point. O ſource tutélaire !
C'eſt à préſent, ſur-tout, que ta Vertu m'éclaire.
Je découvre par toi les Tems non révéléz,
Et des Décrets divins les Myſteres voiléz.

　Ceſſez, Fille du Ciel, de nourrir dans votre ame
Un ſcrupule ſtérile, & que la Raiſon blâme.
Qui vous feroit mourir ? Seroit-ce un Fruit ſi doux ?
Vrai germe de la Vie, il la produit en nous.
Seroit-ce le Seigneur ? Hé, qui l'oſeroit dire ?
Jettez les yeux ſur moi. J'ai mangé. Je reſpire.
Mais, non, ce n'eſt plus moi. Cet Aliment divin,
Eve, m'a fait de l'Homme atteindre le Deſtin.
Lorſqu'à ce Fruit, la Brutte avoit droit de prétendre,
Penſe-t-on qu'à ſes Rois, on ait pû le défendre ?

Mais Dieu vous l'interdit........ Ah ! S'il en est jaloux,
C'est qu'il sçait les Effets, qu'il produiroit en vous:
Il sçait que sa vertu, féconde & libérale,
De vous à lui bien-tôt franchiroit l'intervalle.
Peut-être a-t-il voulu, plus généreux encor,
A l'humaine Raison laisser prendre l'essor ;
Voir si, bravant la Peur, vous aurez le courage
D'acquérir par vous-même un plus digne Héritage ;
Et de vous élever à l'Etat glorieux,
Où la Terre & le Ciel, Tout se dévoile aux yeux.
Hé, qui ne loüeroit pas une si noble Envie?
Quel Terme répond mieux à votre auguste vie!
Considérez votre Estre ; il est trop distingué,
Pour rester dans ces Lieux à jamais relégué :
Et ne trouvez-vous pas, en r'entrant dans vous-même,
L'heureux pressentiment d'une Gloire suprême?
D'ailleurs, peut-on vous faire un crime capital,
D'aspirer à connoître & le Bien, & le Mal?
S'il existe, ce Mal, & qu'il puisse vous nuire,
Votre premier Devoir, est de vous en instruire.
Le Bien ? Vous en trouvez la source sur vos pas ;
Elle coule pour vous ; n'y puiserez-vous pas ?
Contemplant avec moi son progrès admirable,
Brûlez, Eve, brûlez d'une soif ineffable ;
Méritez d'obtenir, par cette noble ardeur,
La Science infinie, & le parfait Bonheur.
Si vous flotez encor dans quelque défiance,
Cet Arbre vous instruit par mon expérience ;
Son Fruit, dont la Vertu garde un juste milieu,
Doit, m'égalant à vous, vous égaler à Dieu.

EVE.

Plus J'ofe l'écouter, plus mon trouble s'augmente ;
Ce qu'il dit, tour-à-tour me plaît & me tourmente.
Divin Fruit, toutefois mon efprit combattu,
Ne fçauroit à préfent, douter de ta Vertu.
Une Loi te profcrit ; mais cette Loi févére
Pourroit bien en effet couvrir quelque Myftere.
Tu nous inftruis du Bien, tu nous inftruis du Mal ;
Ton célefte Flambeau peut-il être fatal ?
Ton prix manifefté nous invite, fans ceffe :
Qui fçait te rechercher, court après la Sageffe.
Ah! fi te fuir, c'étoit en détourner nos pas,
Le Serpent a raifon. La Loi n'oblige pas.
Mais, la Lumiere, hélas ! pourroit m'être ravie.
Si j'ofois .... Quelle erreur! a-t-il perdu la Vie?
Son Inftinct a fait place, à l'Efprit de Clarté ;
Et ce qu'il a perdu, c'eft fa ftupidité.
Je vois, de nôtre Mort, que la fienne eft l'image.
Ce Trépas prétendu, ne fera qu'un paffage
De notre Intelligence à la Raifon des Dieux,
Et d'un Régne terreftre à l'Empire des Cieux.
   Je ne fçais cependant, quelle peine fécrete,
Se fait fentir encore a mon Ame inquiéte. ....
Long-tems accoutumée au joug de cette Loi,
Puis-je m'en délivrer fans trouble & fans effroy ?
Mais c'eft s'unir à Dieu, que de l'ofer enfraindre ;
Et l'Exemple m'apprend que je n'ai rien à craindre.
   Cueillons le Fruit, garant de l'Immortalité ;
De quel raviffement me frappe fa Beauté !
Goûtons .... Quelle faveur ! Que ce plaifir me touche!
Quel Suc délicieux a parfumé ma bouche!

                                        Ah!

Ah ! Pourquoi si long-tems, avons-nous ignoré
Un Bien, qui toutefois nous étoit préparé ?

L'Esprit, comme le Corps, a part à ces délices.
Arbre, de ta Vertu je reçois les Prémices ;
La Sagesse des Dieux m'est transmise par toi.
La Terre, je le sens, n'est plus digne de moi ;
De ses Productions la stérile abondance,
Ne sçauroit, hors ton Fruit, remplir mon espérance.
Je perds l'Humanité. Semblable au Dieu des Cieux,
Je sçais tout par moi-même, & vois tout par mes yeux.

Dans mon Estre, sans doute, un changement sensible,
Aux yeux des Animaux, m'a rendue invisible :
Je l'éprouve ; & , déja ne m'appercevant plus,
Le Serpent a quitté ces Bocages touffus ;
Sans cela, je crois bien, qu'artisan de ma gloire,
Il m'eût félicité de sa propre victoire.

Comment à mon Epoux, m'offrirai-je d'abord ?
Dois-je, dès aujourd'hui, lui déclarer mon sort,
Et, le cœur tout rempli de mon amour extrême,
Sur son front glorieux poser mon Diadême ?
Quand j'y pense pourtant, ne ferois-je pas mieux
De garder pour moi seule, un don si précieux ?
Plus parfaite à ses yeux, je lui serois plus chére ;
Adam respecteroit mon divin charactére ;
Et je pourrois sur lui, comme je le prévoi,
Reprendre l'Ascendant, qu'il eut toujours sur moi.
Mais, que dis-je ? Si Dieu, que peut-être j'offense,
De sa Loi violée, alloit prendre vengeance.
Je Mourrois, & bien-tôt sa Main prodigue à Tous,
Offriroit une autre Eve, aux vœux de mon Epoux.

D

Ciel! D'un ſi grand Malheur ſerois-je menacée ?
Je frémis ſeulement, d'en avoir la penſée.
Une autre Eve ! . . . . Non, non ; je ne ſouffrirai pas,
Qu'Adam puiſſe jamais, chérir d'autres Appas :
Il faut qu'un même Sort aujourd'hui nous uniſſe,
Je l'attends de ce Fruit, ou funeſte, ou propice.
J'aime mieux que l'Enfer nous raſſemble tous deux,
Que de voir, mon Epoux, former de nouveaux nœuds.
    Quel Nuage s'éléve au milieu de ma courſe !
La Vie eſt dans mes mains, je puiſe dans ſa ſource ;
Et, mon Eſprit tremblant, retournant ſur ſes pas,
Se préoccupe encor, des horreurs du Trépas.
D'un vole plus rapide, entrons dans la Carriere.
Ouvrons, il en eſt tems, les yeux à la Lumiere.
Je vais trouver Adam, & veux que de mes mains
Il reçoive ce Fruit, & les Honneurs Divins.

Fin du quatriéme Acte.

ACTE V.

SCENE PREMIERE.

SATAN, MOLOCH.

SATAN.

My, prépare-moi des Palmes immortelles.
Le Monde m'eſt ſoumis, Nos Epoux ſont re-
  belles.
Le Précepte eſt enfraint, l'Arbre ſaint profané.
La Terre criminelle, & le Ciel conſterné.
Eve a ſçû m'épargner la moitié de l'Ouvrage ;
Séduite, elle a d'Adam, aſſuré le naufrage :
Elle a fait, près de lui, l'office du Serpent ;
Il l'écoute, il combat, il héſite, il ſe rend.
J'ai vû manger le Fruit & par l'un & par l'autre.
Je l'ai vû. Quel triomphe eſt plus grand que le nôtre ?

MOLOCH.

Non, non, rien n'eſt égal à mon raviſſement.
Que le Ciel en effet ſoit dans l'étonnement !
Malgré ſes Légions, nos Conquêtes s'achevent.
Couverts de ſes Carreaux, les Vaincus ſe relevent.
Du Monarque des Dieux, régnez digne Rival.
Faites valoir vos Droits, & marchez ſon Egal.

Regrette qui voudra le Célefte Héritage.
Un Empire conquis me touche davantage.
J'aime mieux (ainfi penfe un Efprit immortel)
Commander ici-bas, que d'obéir au Ciel.

SATAN.

Entre ce Monde & nous, il n'eft plus de Barriere.
J'ouvre à nos Chérubins une immenfe Carriere.
Qu'ils fortent déformais de leurs gouffres profonds,
Et viennent moiffonner dans des Champs plus féconds.
J'attire fur Adam la Colere Célefte.
A fa Poftérité, ce coup fera funefte.
Il va peupler l'Enfer de nouveaux Habitans.
Nos Trônes dans les Cieux demeureront vacans.
Nous pourrons, cher Moloch, voir les Races futures,
Loin de les remplacer, partager nos tortures.
Doux efpoir, qui d'abord a charmé mes Efprits,
Et dont un Crime affreux devient le digne Prix.

MOLOCH.

Le Peché regne donc : Déja d'un vol finiftre,
S'étend, de nos Fureurs, ce fidéle Miniftre.
Que la Mort avec lui, parcourant l'Univers,
De fon fouffle funefte, empoifonne les airs ;
Et que fur vos Autels, encenfez par les Crimes,
Elle immole toujours, de nouvelles Victimes.

Sans doute contre Adam, l'Arrêt eft prononcé....

SATAN.

Arrête. Hélas ! Quel Dieu, Moloch, ai-je offenfé ?
Je triomphe, il eft vrai ; mais fa Toute-Puiffance
Vient m'allarmer encore, au fein de la Vengeance.
Je ne fçais, malgré moi, quel noir preffentiment,
Semble me préfager un nouveau châtiment.

Oui, l'Eternel me trouble ; hé ! que sert-il de feindre ?
Je ne sçaurois l'aimer, ni cesser de le craindre.
Foible tribut ; Hommage & stérile & forcé,
Que je rends à ce Dieu terrible & couroucé.

MOLOCH.

Hé ! Que peut sa Colere imaginer encore,
Qui surpasse l'excès, du Feu qui nous dévore ?
Nos Maux sont à leur terme ; & leur éternité
Nous assure du moins de l'Immortalité.
Ainsi j'oppose à Tout, une invincible Audace.
Oui, Satan, quelque soit le Trait qui nous menace ;
Sans remords, sans effroi, je puis l'envisager,
Dès que je puis toujours, haïr, & me venger.

SATAN.

De tous nos Chérubins, ô le plus magnanime !
Soutien de mes Etats, que ton ardeur m'anime !
De ton courage, ami, l'infléxibilité,
Rend à ton Souverain son intrépidité.
Mes Exploits sont le fruit de ta rare Prudence :
Reçois-en, dès ce jour, la juste récompense.
Partage mon pouvoir, impose ici la Loi ;
Régne sur ma Conquête, & triomphe avec moi.

MOLOCH.

Lancez, Seigneur, lancez sur ce nouveau Domaine,
Les Fleaux qu'a forgéz votre main souveraine ;
Les Troubles, les Forfaits néz de l'Ambition,
Le Carnage suivi de l'Usurpation,
L'Adultere, le Vol, l'Inceste, l'Homicide,
La noire Calomnie, & l'Interêt avide ;
Et pour être de l'Homme enfin le destructeur,
Répandez-y, sur-tout, l'Oubli du Créateur.

A ces Monſtres divers, les routès ſont tracées ;
Et voilà ce qui doit occuper vos penſées.
Hâtons-nous donc , Seigneur , d'annoncer aux Enfers
Votre Empire immortel ſur cè vaſte Univers.

SATAN.

Allons, Moloch , allons délivrer mon Armée
De l'affreuſe Priſon qui la tient renfermée.
Adam vient dans ces lieux, déplorer ſes Malheurs ;
Quel charme eſt-ce pour moi, que ſes cris & ſes pleurs !

SCENE II.

ADAM ſeul.

MAlheureux ! Qu'ai-je fait ? Cruelle complaiſance ,
    Qui cauſe envers mon Dieu ma Déſobéiſſance ,
Me juſtifieras-tu , quand déjà Tout en moi,
Porte le châtiment , d'avoir enfraint ſa Loi ?
Je ne me connois plus. Tout me trouble , m'agite.
Le Crime ſuit mes pas. L'Innocence me quitte.
Quelle horrible Tempête a ſoulevé mes Sens ?
Le Calme ſe refuſe à mes vœux impuiſſans.
Là Révolte , l'Effroi le couvrant de nuages ,
Exercent dans mon Cœur les plus triſtes ravages ;
Et mon Eſprit tremblant du coup qui l'a frappé ,
D'un Voile plus épais ſe trouve enveloppé.

Dangereux artifice ! O trop fatale Epouſe !
De ta Science acquiſe , es-tu toujours jalouſe ?
Il ne t'a pas trompé , ton Oracle Infernal.
Tu connois à préſent, & le Bien & le Mal ;

Oui , ce Bien qui t'échappe , & qu'en vain tu reclames ,
Oui , ce Mal que l'Enfer vomit avec ses flames.
Tout Espoir désormais est banni de mon cœur.
Que vais-je devenir ? Où fuir un Dieu vengeur ?
Où porter mes regards ? Ils offensent la Terre ;
Et tournéz vers le Ciel , allument le Tonnerre.

Cherchons , pour me cacher , l'Antre le plus profond,
Tout me décele ici , m'accuse , me confond :
Et saisi tout à coup d'une Honte imprévûë ,
Je n'ose sur moi-même , hélas ! jetter la vûë.
Présage trop certain , funeste avantcoureur
Des vengeances du Ciel dans sa juste fureur.
Mais que me veut encor l'Epouse infortunée ,
Dont le fatal Orgueil change ma Destinée ?

SCÉNE III.

ADAM, EVE.

EVE.

VOus me fuyez , Adam , ô comble de malheur !
Pouvez-vous me livrer , à toute ma Douleur ?
Errante dans ces lieux , affligée & craintive ,
Si j'ai causé vos Maux , ma peine en est plus vive.
Peut-être plus que vous, je les ressens ici.
Quand j'ai perdu mon Dieu , faut-il vous perdre aussi ?

ADAM.

Me perdre ! Hé voi l'état , voi l'affreuse misere ,
Où nous réduit du Ciel l'équitable Colere.

D iiij

D'où sont partis ces traits qui nous frappent soudain ?
D'où naissent nos malheurs, si ce n'est de ta Main ?
Dénuéz de vertu, de force, de courage,
Déchus de notre rang, reconnois ton Ouvrage.
Pouvois-tu d'un Reptile écoutant les discours,
Manquer d'obéissance à l'Auteur de tes jours ?......
Combien pour me séduire, employas-tu d'adresse ?
Que tu sçus bien, Cruélle, allarmer ma Tendresse !
N'accuse point ce Fruit ; lorsque tu me l'offrois,
Je le contemplois moins que tes charmans attraits.
A tes vœux empresséz l'Amour me fit souscrire.
Un triomphe si beau ne peut-il te suffire ?

E V E.

Au nom de cet Amour, au nom de notre Foi,
Ne m'abandonnez pas à mon mortel effroi.
Ouï, votre Eve est coupable, & gémit de son crime.
Le Ciel (c'est mon espoir) me prendra pour Victime.
Mais jusqu'à ce moment ne vous dérobez pas,
Aux pleurs, dont vous voyez que j'arrose vos pas.........

A D A M.

Où suis-je ? Quel éclat ? Quelle vive Lumiere,
Frappe subitement ma débile paupiere ?
J'entens du bruit. Fuyons sous ce feuillage épais.
Dieu s'apprête sans doute à punir nos forfaits.

SCENE IV.

LA VOIX DE DIEU,
ADAM, EVE.

LA VOIX DE DIEU.

ADam. Où donc es-tu ? Qui te cache à ton Maître ?
Pourquoi devant ton Dieu, différer de paroître ?

ADAM.

N'ofant m'offrir à Vous, le fon de votre Voix,
Même avant votre afpect, m'a fait fuir dans ce Bois.

LA VOIX DE DIEU.

Ma Voix n'a pas toujours fur ton ame troublée,
Produit cette terreur dont elle eft accablée.
  Tout fuccede, fans doute, à notre heureux Rival.
Voilà l'Homme, en effet, devenu notre Egal.
Empêchons que brûlé d'une pareille envie,
Il ne porte fa main jufqu'à l'Arbre de Vie,
Et d'exifter toujours, ne conferve l'efpoir.
  Tu te connois, Adam, tu rougis de te voir.
Dis-moi ? de ton Etat, qui te pouvoit inftruire,
Si, refpectant la Loi que je fçus te prefcrire,
Tu n'avois pas ofé, perfide à mon amour,
Sur le Fruit interdit attenter en ce jour ?

ADAM.

Je déplore, Seigneur, ma vie infortunée.
Cette Compagne, hélas ! que vous m'aviez donnée,

Qui devoit être ici, ma joye & mon bonheur,
Cette même Compagne, a fait tout mon malheur.

LA VOIX DE DIEU.

Dans son égarement, pourquoi l'as-tu suivie ?
Etoit-elle ton Dieu ? Lui devois-tu la vie,
Pour lui céder ton Rang, ton Empire, tes Droits,
Et lui sacrifier tout ce que tu me dois ?
Tu sçais, au prix du sien, quel fut ton appanage ;
Les Graces, la Beauté, firent tout son partage.
C'est pour te plaire, Adam, qu'elle reçut le jour.
Mais la formant pour toy, pour ton fidéle amour,
Je n'ai pas prétendu, qu'une si douce chaîne,
Dût sur ta volonté la rendre Souveraine.

Qu'elle parle. Il est temps. O Femme, qu'as-tu fait ?

EVE.

Le Serpent m'a trompée ; il causa mon forfait.

LA VOIX DE DIEU.

(*au Serpent.*)

Organe séducteur, fléau de l'Innocence,
C'est sur toi que d'abord tombera ma Vengeance.
Puisque ton artifice & ta subtilité
Ont séduit un Esprit plein de crédulité,
Sois maudit désormais, rampe dans la poussiere,
N'ose plus vers le Ciel, lever ta tête altiere ;
La Race de la Femme un jour l'écrasera ;
Tes piéges cesseront, & ton Vainqueur naîtra.

(*à Eve.*)

Toi, qui prêtas l'oreille, à cet Esprit immonde,
Au sein de la Douleur, tu deviendras féconde ;
Ton Epoux absolu dominera sur toi ;
Sa seule volonté te servira de Loi.

(*à Adam.*)

Et toi, rebelle Adam, de qui la complaifance,
A ta femme fur moi donna la préférence,
Ecoute ton Arrêt, & voi dans l'avenir,
Les Peines & les Maux dont je veux te punir.

   Ton crime fe répand fur toute la Nature.
La Terre qui devoit, fans foins & fans culture,
Sous l'afpect temperé d'une unique Saifon,
Offrir à tes befoins fa fertile Moiffon,
N'eft plus qu'un Champ profcrit, où la Ronce & l'Epine,
Sembleront tour à tour, conjurer ta ruine.
Ses flancs ne s'ouvriront qu'aux pénibles travaux;
Tes jours feront marqués par cent Labeurs nouveaux;
Et cette Terre, Adam, fes Côteaux & fes Plaines,
Ne payront qu'à regret le tribut de tes peines,
Jufqu'au moment fatal, que né pour expirer,
Sorti de la Pouffiere, on t'y verra rentrer.

   Le Chef des Légions de l'Empire célefte,
De mes Décrets bien-tôt, va t'apprendre le refte;
Et tu fçauras de lui, tout ce qu'a réfolu,
Sur ton crime, & fur toi, mon Pouvoir abfolu.

SCENE V.

ADAM, EVE.

Adam fort tout-à-fait du Bois où il s'étoit retiré. Eve plus timi-
de y refte encore quelque tems , & s'avance par degré.

ADAM.

QUel coup de foudre , ô Ciel ! Quel horrible naufrage !
Le Travail & la Mort ! Voilà donc mon partage !
La Mort ! Eh, quel fera le terme de mes jours ?
Quelle fera plûtôt cette Mort où je cours ?
Sous fes traits redoutéz , quel Gouffre, quel Abîme,
Sera prêt d'engloutir fa coupable victime !
A des Malheurs fans fin ferai-je condamné ?
N'eft-ce point au Néant, que je fuis deftiné ?
    L'Argile de mon Corps , cette vile Matiere ,
Peut bien dans le Tombeau défcendre toute entiere ;
Et , pourfuivant fes Droits, la Terre avec raifon ,
Pour fe le réünir reclamer fon Limon.
Mais ce Souffle Divin , cette noble Subftance,
Qui délibere en moi, qui connoît & qui penfe,
Qui s'unit à ce Corps , & ne s'y confond pas ,
Ne peut être affervie à la Loi du Trépas.
Je mourrai toutefois. O Sentence cruelle !
C'eft fans doute une Mort de fouffrance éternelle.
Compagnon de ton crime , il paroît jufte enfin ,
Satan , que je le fois de ton affreux Deftin.

Hélas ! Difparoiffez doux Plaifirs , Allégreffe ;
Qui dans ce beau féjour me préveniez fans ceffe :
A l'Homme jufte & faint vous étiez réfervéz ;
A l'Homme criminel vous êtes enlevéz.

O cent fois malheureux le jour qui m'a vû naître !
Pourquoi ta Main , Seigneur , m'a-t-elle donné l'Eftre ?
Te l'ai-je demandé ? Si j'ai pû te trahir ,
Pourquoi me créas-tu pour te défobéir ?
Infenfé ! Si mon Fils , trompant mon efpérance ,
Révolté contre moi , m'avoit fait une offenfe ,
Et que ce Fils ingrat , l'objet de mon amour ,
Me demandât pourquoi je l'aurois mis au jour ,
Et m'ofât reprocher un bien dont il abufe ,
Voudrois-je recevoir cette orgueilleufe excufe ?

Tes Jugemens , Seigneur , me rempliffent d'effroi ;
Devroient-ils , ô Douleur ! exifter après moi ?
Trifte Poftérité , quel affreux héritage
Votre Pere va-t-il vous laiffer en partage ?
De mon Crime tranfmis , quel fera le progrès !
Enfans infortunéz , j'entens tous vos regrets !
Voyez mon repentir .... Quoi ! Faut-il que ma **Race**
Du Ciel que je courrouce éprouve la Difgrace ?
Le Genre Humain , coupable & profcrit en naiffant ,
Du Crime de fon Chef , n'eft-il pas innocent ?
Que dis-je , malheureux ! Ah ! d'une fource impure ,
Peut-il fortir qu'une Onde empreinte de fouillure ?
La Semence eft conforme au Germe originel.
Non , l'Innocent ne peut naître du Criminel.
Je le fuis ; & de moi tombe cette Influence ,
Qui de mes Défcendans infecte la Naiffance.

(*en appercevant Eve.*)

Dangereuse Compagne, Auteur de tous mes maux;
Laisse Adam, loin de toi chercher quelque repos!

EVE.

Toujours me fuir, cruel! Hélas! Pour votre Femme,
Avez-vous donc banni la Pitié de votre ame?

ADAM.

Fut-elle dans ton cœur, dis-moi, cette Pitié,
Lorsqu'à ton triste sort, toi-même m'as lié?
Est-ce donc là, le Prix de la vive tendresse,
De l'amour qu'en ces lieux je te marquois sans cesse?
Retire-toi, Serpent; car son nom t'est bien dû,
Depuis que, l'écoutant sur le Fruit défendu,
Tu fis avec ce Monstre une odieuse Ligue,
Et que de son Poison ta bouche fut prodigue,
Tu ne me fus pas moins dangereuse que lui;
Et je vous dois tous deux éviter aujourd'hui.

EVE.

Arrêtez, cher Epoux; rendez-vous à mes larmes;
Pour toucher votre cœur je n'ai point d'autres armes.
Daignez jetter sur moi quelques regards plus doux;
Votre Eve & ses remords tombent à vos genoux.
En proye à tous les Maux, son extrême souffrance,
Ce qu'elle craint le plus, c'est votre indifférence.
Le Ciel, le juste Ciel m'est témoin en ce jour
De mon respect pour vous, & de mon tendre amour.
Le Malheur qui menace & ma vie, & la vôtre,
C'est de nous séparer, je n'en connois point d'autre.
J'ai péché; mais, hélas! ce fut innocemment.
Je me rendrai cent fois au Lieu du Jugement;

Je prierai le Seigneur, par la plus vive inftance,
De réferver pour moi les Traits de fa Vengeance.
Là, je m'offrirai feule à fon jufte Couroux....
Frappez, Grand Dieu, frappez, & fauvez mon Epoux....
Mais fi, pour le fléchir, mes prieres font vaines,
Mon zéle ardent du moins partagera tes peines.
Ces Mains, ces foibles Mains, qui t'ofent embraffer,
De Travaux & de Soins, ne pourront fe laffer.
L'Aurore, dans les Cieux épanchant fa lumiere,
Au Labeur impofé me verra la premiere.
Prévenant tes befoins, j'oublîrai mes malheurs,
Si ta main, cher Adam, daigne effuyer mes pleurs.

ADAM.

Tu m'attendris, hélas! Ton repentir me touche;
La Vertu, grace au Ciel, parle encor par ta bouche.
Si je croyois changer les Décrets Eternels,
C'eft moi, qui le premier, fur fes facrez Autels
M'offrirois au Seigneur, conjurant fa Clémence,
De te rendre, à ce prix, ton heureufe Innocence.
Léve-toi. Je t'abfous. Refferrons le lien
Qui voulut que ton fort fût à jamais le mien.
Sois toujours ma Compagne, & non pas mon Efclave.
Tu dois dompter un jour l'Ennemi qui nous brave:
Quelque foit du Décret le fens myftérieux,
J'y vois luire pour nous un Efpoir glorieux,
J'y vois un Dieu clément qui borne fa colere,
Et qui nous châtiera moins en Maître qu'en Pere.
Mais j'apperçois encore un Meffager divin.
O Ciel! Il eft armé! Quel fera mon Deftin!

SCENE VI.

MICHEL, ADAM, EVE.

MICHEL.

LA Mort, prompte à fervir la célefte Puiffance,
Devoit fuivre de près ta Défobéiffance.
Dieu diffère fes coups ; & , prolongeant tes jours,
Veut à ton Repentir donner un libre cours.
Mais fçache, en recevant cette faveur infigne ;
Que du féjour d'Eden, Adam, tu n'es plus digne.
L'Eternel à l'inftant te bannit de ce Lieu,
Et Michel, que tu vois, eft choifi par fon Dieu
Pour conduire tes pas dans ces Champs d'Indigence,
Où ton Crime a verfé fa fatale influence.

ADAM.

O Rigueur ! O Décrèt plus cruel que la Mort !
C'en eft fait, je fuccombe à mon malheureux fort.
Nous te perdons, Seigneur, en perdant ces Bocages.
Ta préfence n'a point éclairé d'autres Plages ;
Ta Colere fur nous fe manifefte ainfi :
Et c'eft vivre fans Dieu, que vivre loin d'ici.

MICHEL.

Tu te trompes, Adam. Hé ! Toute la Nature
Eft de ton Créateur une vive Peinture :
Il remplit l'Univers, de l'un à l'autre Bout ;
Et la Terre, & le Ciel te l'offriront par Tout.
Mais, pour te confoler dans ta courfe mortelle,
Connois de Dieu fur toi la Clémence éternelle ;

Apprens

Apprens que dans fon Fils, tu trouves ton Sauveur,
Le Péché fa ruïne, & Satan fon Vainqueur.
Quel Arbitre puiffant! Quel Amour efficace!
L'Ange périt d'abord, & l'Homme a trouvé grace!
Ton Libérateur s'offre à fon Pere irrité;
Il doit fe revêtir de ton humanité,
Unir l'Homme innocent avec l'Homme coupable :
Ta Race enfantera ce Meffie adorable ;
Et, chargé de ton Crime, ainfi que de ton fort,
Pour te donner la Vie, il fouffrira la Mort.

Alors, n'exhalant plus qu'une impuiffante rage,
Et reftraint déformais au ténébreux Rivage,
Ton funefte Ennemi, fous le poids de fes fers,
Gémira défarmé, dans le fonds des Enfers.
Alors, de nouveaux Cieux, une nouvelle Terre,
Afylés de la Paix, à l'abri du Tonnerre,
Séjour de la Juftice & de la Vérité,
Uniront les Humains à la Divinité.

ADAM.

Quel Oracle, Grand Dieu, me faites-vous entendre !
Vous qui le remplirez, faites-le moi comprendre.
O célefte Bonté! Divin Médiateur!
Puiffai-je à ton Amour égaler mon ardeur !
Mais que dois-je penfer de l'excès de mon Crime,
S'il faut, pour l'expier, une telle Victime ?
Vous, Miniftre de Paix, qui me l'avez appris,
Partons. Que mon exil fera doux à ce prix !

F I N.

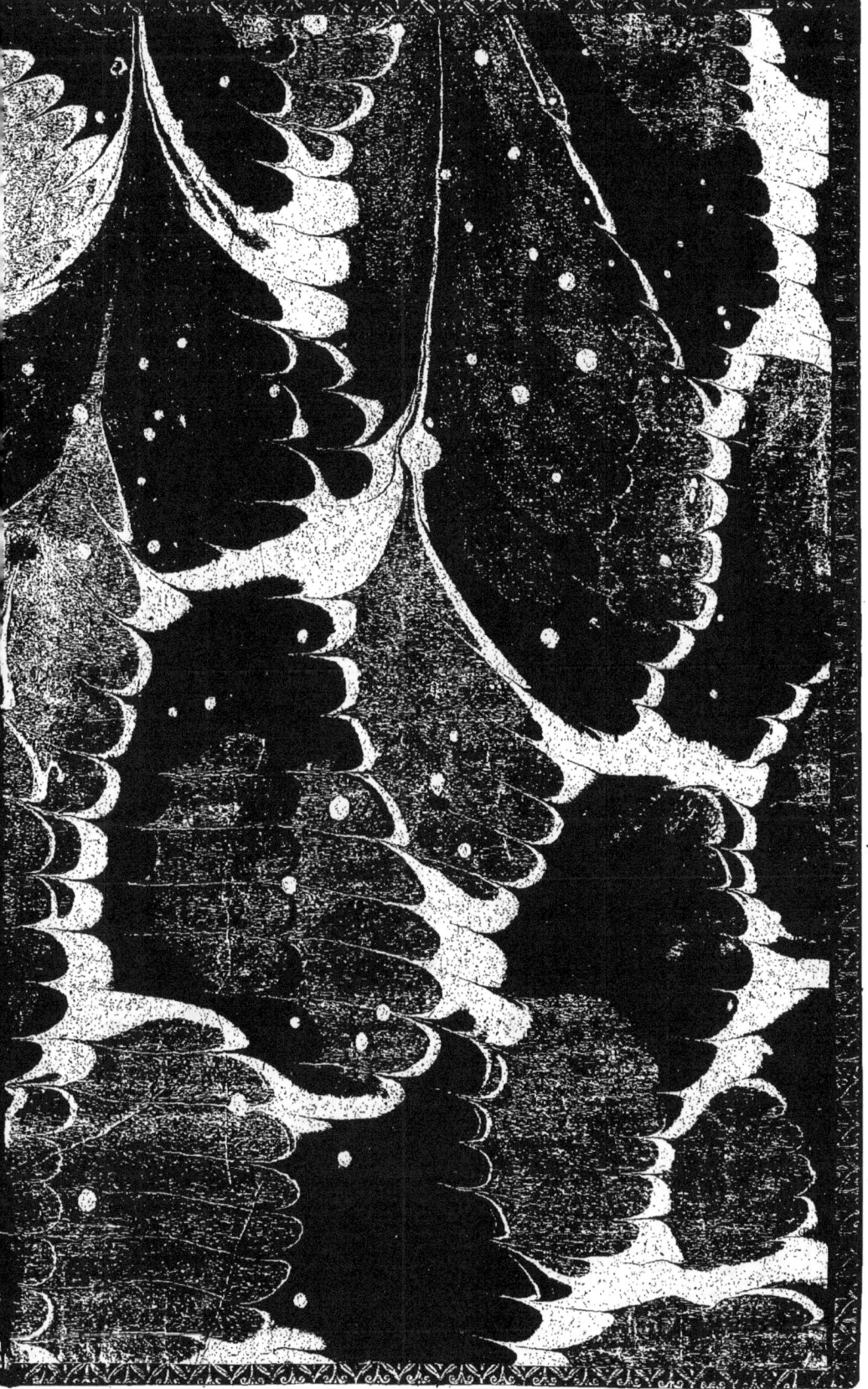